D E A R + N O V E L

初恋ドレッサージュ

いつき朔夜
Sakuya ITSUKI

新書館ディアプラス文庫

S H I N S H O K A N

初恋ドレッサージュ

目次

イラストレーション／周防佑未

初恋ドレッサージュ

hatsukoi dressage

耕太《こうた》は、軍手をはめた手の甲で額を拭《ぬぐ》った。真冬の早朝というのに、うっすら汗がにじんでいる。

厩舎《きゅうしゃ》の中は、馬たちの体温で思いのほかに温《あたた》かい。そこへもってきて、水汲《みずく》みやボロ取り、藁《わら》の敷き替えと忙しく動き回っていれば、汗もかこうというものだ。

掃除道具の片付けを終えて出てみると、他の部員らは馬房《ばぼう》の外に繋《つな》いでおいた馬たちに、てんでに取り付いて馬装《ばそう》を始めていた。

耕太のお気に入りである「マンサク」には、同じ一回生の男子がすでに鞍《くら》を置いている。耕太は、残っていた黒鹿毛《くろかげ》にハミをかけた。馬装を整えて馬場《ばば》に引き出す。

この「ダークトルネード」は、耕太の担当というわけではないが、係の学生がこのごろ忙しくてあまり顔を出さないため、代わって面倒をみることが多くなっていた。

なのに、額に乱流星がある黒馬は、反抗的にその頭を振り上げた。

「こら」

低く叱《しか》り、ぐいっと引き綱を手繰《たぐ》り寄《よ》せる。トルネードは、「しぶしぶ」を絵に描いたような態度で静止した。

耕太は背丈《せたけ》のわりに足が長く、見た目より腕に力がある。鞍に手を掛け、ひと蹴《け》りで馬上の人となった。

とたんに視界が開けた。身の丈三メートルというコミックの超人には及ばないが、馬の背はかなり高い。ふだんとは違った眺《なが》めが楽しめるのだ。

だが耕太は、それを味わうどころではなかった。なにせ、耕太が跨《また》がっているのは、悪名高きトルネードだ。どうしても体に力が入る。それがまた、この特別気難しい牡馬《ぼば》を苛立《いらだ》たせるようだ。

いや、もう牡馬ではなかった。セン馬だ。一昨年《おととし》、この西海《さいかい》大学馬術部に入厩するとき、去勢されたと聞いた。ふつう去勢された馬は温順になるものだというが、トルネードにはその法則は当てはまらないらしい。部員のほとんどが血が出るほど噛《か》まれた経験があるし、一度ならず振り落とされてもいる。

耕太も秋口に不器用な落ち方をして、手首を捻挫《ねんざ》してしまった。ケガ自体は軽かったが、時期が悪かった。出場を予定していたビギナー大会を、棄権《きけん》せざるを得なくなったのだ。

乗馬初心者にはてごろな競技会であるその大会で、他の新入部員は二人とも、曲がりなりにもデビューを果たした。まだ競技会に出たことがないのは、自分だけだ。

そんなことをぼんやり考えながら、柵沿《さくぞ》いにぽくぽく歩かせていると、隙ありと見透かしたかのように、トルネードは尻を跳ね上げた。

「あ、あ、あーっ」

ぐるりと景色が回転する。頭を庇《かば》うことはできたものの、ずん、と背中に衝撃《しょうげき》が来た。一瞬、息が止まる。

「ぶひ、ひひひひ」

笑うような声で、トルネードはいなないた。

「畜生!」

耕太は尻餅《しりもち》をついたまま、相手に拳《こぶし》を振り上げた。

すぐ後ろからアラブ種の馬でついてきていた部長の国分《こくぶ》が、手綱《たづな》を引いて馬を止め、馬上から声をかけてきた。

「やっぱ、おまえでも無理か」

耕太は尻を叩きながら立ち上がり、国分を見上げた。

「『でも』って……?」

国分は、勝手に馬場を駆け回っている黒馬に顎《あご》をしゃくった。

「おまえこのところ、あいつに噛まれてないだろう。少しは抑えが利《き》くようになったかと思ったんだがな」

そういえばそうだ。体のいたるところに押されていた青紫の刻印は、このごろではすっかり薄くなっている。最後に噛まれたのはいつだったろうか。

「俺、動物との間合いに慣れてるからかな……」

耕太は自信なく呟いた。

実家は、小規模な酪農家《らくのうか》だ。九州ど真ん中の高原地帯で、近くには乗馬クラブもあった。しかし、時間的にも経済的にも、そんな高尚《こうしょう》な遊びにはまる余裕はなかった。馬が初めてなのは、他の新入りと同じだ。

耕太は、部長にぺこりと会釈《えしゃく》しておいて、トルネードを追った。

ようやく手綱を掴《つか》み、部班の列に戻る。一度乗り手を落としたことで気が済んだのか、トルネードは今度はわりあいおとなしく、耕太の扶助《ふじょ》に従った。

その背から、耕太は馬場の対角線上にいるマンサクを見やった。

トルネードとは対照的に、おっとりした従順な馬だ。性質が穏やかなのは、年齢的なものもあるかもしれない。

芦毛《あしげ》は、若いころは灰色や淡い褐色《かっしょく》をしているが、年をとると、どんどん色が抜けて白くなる。十八歳のマンサクは、ほとんど全身真っ白だ。優美に見えるが、アラブとかサラブレッドとかではなく、血統もよくわからないライディングポニーである。

しかし、とにかく気立てがいい馬なのだ。耕太のような素人《しろうと》にも素直に従ってくれるのが嬉しくて、入部してからすぐお気に入りの馬になった。

今現在、馬術部の部員は三回生六人、二回生四人、そして一回生が三人の、総勢十三人だ。馬は七頭だから、単純計算では手が足りていそうなものだが、実態はそうではなかった。

現に、夏以降、マンサクは耕太が単独で面倒をみている。そしてもう一頭、いつのまにか世話をするはめになったのが、このダークトルネードだった。

血統は申し分ない。中央競馬で走っていたサラブレッドで、皐月賞《さつきしょう》で二着に入ったという戦績もある。もっともそれ以後は、鳴かず飛ばずだったということだが。そうでなければ、まだ現役で活躍《かつやく》していたか、種馬となって、北海道の牧場あたりで優雅な引退生活をしていただろう。

OBにJRAで出世した人がいて、その仲介で、馬術部が破格の安値で入手することができたという話だった。

ところが引き取ってみると、とんでもなく気性の悪い馬で、馬主はやっかい払いのつもりでよこしたのではと、今ではみな疑っている。

まもなく、遠くで時計台が八時を打った。いつもなら、これで朝の活動は終了だ。馬場はキャンパスのはずれにあって、中心となる教育学部の校舎まで、速足で十五分はかかるからだ。

だが、大学は昨日から冬休みに入っている。慌てて上がらなくてもいい。

そのとき、馬を集団の先頭に回した国分が、パンパンと手を叩いて部員たちの注意を喚起《かんき》した。

「今日、この後、今年最後の部会をやる。大事な話だから、なるべく全員に残ってもらいたい」

――あの話だろうな。

耕太はそっと唇を噛んだ。気の滅入《めい》る話し合いになりそうだと思った。

部員たちは、それぞれの乗った馬を洗い場に引いて行った。

寒い時期だから、水をかけて洗うまではしないが、汗をそのままにしておくと病気になる。乾《かわ》いた古タオルで体を擦《こす》ってやり、たてがみにブラシをかけてやらないといけない。

耕太がトルネードを世話していると、遅れて来た三回生の増川《ますかわ》に声をかけられた。

「風間《かざま》、よく頑張るな」

増川はもともとトルネードを管理していた学生だが、このごろはあまり顔を出していない。そのことで、いくらか耕太に気がねがあるのだろう。

「『厩《うまや》七分《ぶ》に乗り三分』なんて言うが、おまえは九分くらいやってるんじゃないか」

いつもなら照れながらも明るく応じるところだが、今の耕太は、そんな賛辞を素直に受け取ることができなかった。あいまいに微笑《ほほえ》んで受け流す。

汚《よご》れたブーツを馬具倉庫の片隅で履《は》き替《か》え、部室に向かった。

部室といっても、厩舎の一画にある六畳ほどの小汚《こぎたな》い部屋だ。ささくれた木の床にゴザが敷かれていて、何かあったときは寝泊まりできるように、古びた毛布が二、三枚、隅に畳《たた》んである。

部長と副部長が上座で、後は来た順に奥に詰め、自然に車座になった。ほぼ全員が揃《そろ》うと、さすがに狭苦《せまくる》しい。

正面の壁を背にした国分は、あぐらをかいて一同を見回した。

「全員いるな？　じゃあ部会を始める」

議題は、やはりかねてからの懸案《けんあん》である「保有馬の数を減らす」ことについてだった。

その主《おも》な理由は、部員の数が減少したからだ。

毎年のことだが、新入生を勧誘して多数入部させても、ＧＷで半減する。

今年は特にひどかった。九人も入部して先輩たちが喜んだのも束《つか》の間、半年ばかりで、一回生は耕太と経済学部の男子、そして耕太と同じ農学部の女子の三人だけになってしまったのだ。

新人が続かず、辞めていくのも、無理もない面はある。

馬術部のきつさは、普通の運動部とは違う。乗馬というとお上品な習い事に思われがちだが、とんでもない。馬の背に乗っている時間より、世話をしている時間の方が圧倒的に長い。それが「厩七分に乗り三分」という言葉に凝縮《ぎょうしゅく》されている。

日曜だろうと連休だろうと、馬の世話は休めない。年中無休だ。しかも朝が早い。

耕太も毎日五時起きで、寝ぼけ眼《まなこ》を擦りながら厩舎に駆けつけ、朝の活動を済ませてから、みっちり詰まった講義を受けているのだ。

そのうえ、表向きの部費以外にも、いろいろと出費がある。遠征の費用や馬具代は個人負担だ。学校からもいくらか補助はあるが、馬たちのえさ代を賄《まかな》うのがやっとだった。そして秋も深まったころから、三回生が本格的に就職活動に入った。部長の国分は何とか時間を作って来てくれているが、それもいつまで続くことか。

この状況では、七頭もの馬を維持《いじ》するのは無理がある。一頭減れば、シフトの面でもえさ代のかかりでも、ずいぶん楽になる、というわけだ。

その一頭の候補に上がったのが、最高齢のマンサクと扱《あつか》いにくいトルネードだった。どちらかを手放すしかないということについては、すでに結論が出ている。

しかし、放出された馬の運命を考えると、誰もがその先を詰めるのに躊躇《ちゅうちょ》してしまう。どこかの乗馬クラブに引き取ってもらえれば一番いいのだが、マンサクの年とトルネードの性格からして難しい。引き受け先がないとなると……。

経済動物は、利益を生まなくなったら処分せざるを得ない。実家が酪農業である耕太には、その理屈《りくつ》はよくわかっている。

それでも、馬は別格だという思いがあった。人間と心を通じ合わせる彼らを、ただの家畜だとわりきることは、耕太にはできなかった。

「誰か意見は?」

部長の呼びかけに応《こた》えて、耕太はおずおず手を上げた。

「何とか手放さないで済む方法はないでしょうか」

蒸し返すことになるという自覚はあったが、耕太はひと息に畳《たた》み掛《か》けた。

「マンサクはほんとにいい馬です。新人はみな、あいつの背中で乗馬を覚えてきたんじゃないですか。トルネードも、このごろいくらか落ち着いてきたし。どちらも置いておくわけにはいきませんか？　俺、今だって独《ひと》りでマンサクの世話ができてます。一、二回生みんなが一人一頭を徹底《てってい》すれば、まだやれるんじゃないかと」

珍しく多弁になっていた。そして、馬のことで頭が一杯で、周囲の仲間たちの顔色をみる余裕もなかった。

「自分ができるからって、人に同じことを要求するなよ」

ぼそっと突っ込んだのは、さっきマンサクに乗っていた一回生の男子だった。上級生たちも微妙な顔をしている、と気づいた。

——しまった。またやっちまった。

耕太は心中で頭を抱《かか》えた。

耕太の出身地は、はっきりいって田舎《いなか》だ。ご近所は親戚《しんせき》だらけ、友人にしても、保育園から高校までほとんどメンツが変わらないという環境で育った。社交辞令だの根回しだのの存在しない、以心伝心の小さな社会だ。そのせいか、自分はどうも他人の感情に鈍感なところがある。気をつけなくてはと、このごろは自覚していたのだが……。

耕太は肩をすぼめ、うつむいた。

「俺、要求するなんて、そんなつもりじゃ」

国分がとりなし顔で割って入った。

「おまえは特別、あの二頭と接触が濃いからな。気持ちはわかるさ。しかし、それを言い出したら話が進まないだろう。個人のエゴはこのさい引っ込めてくれ」

そう言われては、もう何も言えなかった。

話し合いは進み、マンサクを放出するという流れになっていった。トルネードはまだ若い。矯《た》め直《なお》せるかもしれないから、というのがその根拠《こんきょ》だった。

耕太だって、トルネードが憎《にく》いわけではない。手に負えない馬だが、どうかすると瞳に甘えを感じることもあった。マンサクほどではないものの、やはり愛着はある。

だから、どちらも選べない。選ぶということは、どちらかに死の宣告を下すことだ。きっぱり決をとられたら、自分はもっと苦しんだだろう。何となく、という決まり方で良かったのかもしれない、と思った。

——あいつに、好物のリンゴを山ほど食べさせてやろう。そんなことは、俺の自己満足かもしれないけれど……。

耕太は、あきらめと焦燥《しょうそう》の間で揺れる思いをぐっと呑《の》み込《こ》んだ。


馬房の掃除とえさやりが終わったときには、冬の太陽はすでに傾いて、色つきのセロファンを透かしたように、あたりは薄赤く染まっていた。

正月の間は少ない人数で当番をやりくりするから、どうしても、いつもより作業に時間がかかってしまう。ことに今日は元日とあって、当番は率先して手を上げた耕太だけだったのだ。

それは耕太にとって好都合だった。盆・正月・GWといった特別シフトのときは、最低限の世話だけして、馬たちを運動させることはしない決まりだ。しかし耕太は、せめてマンサクだけでも外に出してやりたかった。

マンサクを馬場に連れ出したときは引き運動のみのつもりだったが、やはり乗りたくなって鞍を置いた。

――あとどれくらい、こいつと一緒にいられるだろう。

暗澹《あんたん》たる思いがこみ上げてくる。

入部してひと月ばかりたち、馬装をマスターしたとき、上級生が冗談で「これでおまえも馬《うま》泥棒《どろぼう》になれる」と言ったことを思い出した。自力で鞍を置くことができれば、馬を盗み出して遠くへ逃げられる、というのだ。

そのときはバカらしいと思ったが、耕太は今、いっそこのままマンサクを連れて逃げたいような気持ちになっていた。

――馬と駆け落ち、か。

笑おうとした顔が歪《ゆが》んだ。

ぐっと歯を嚙み締め、ひらりと跨《また》がって常足《なみあし》から軽速歩《けいはやあし》、襲歩《しゅうほ》へとスピードを上げていく。

全速で駆けさせると、すべての足が宙に浮く瞬間がある。馬は翼がなくても飛べる動物だ、と言ったのは誰だったか。

このまま柵を飛び越え、息の続く限り駆けて、家に帰りたいという思いが突き上げてきた。マンサクのことだけでなく、自分自身についても、このところ悩ましい思いをしていたからだ。

のんきで楽天的な自分が、まさかホームシックになるとは思ってもいなかった……。

動物が好きだし、勝手知ったる世界だからと進学先に農学部を選んだのだが、兄がいるので自分が家業を継ぐことはない。将来のことを考えて、いちおう理科の教員免許はとるつもりだった。

そのために耕太は、後期から、教育学部の学生に混じって「教育概論」の講義を受けていた。農学部や工学部の理系と比べて、文系の学生たちには、明るく闊達《かったつ》な雰囲気《ふんいき》があった。特にボランティア活動のサークルに入っているメンバーは、活気に溢《あふ》れていた。

その中に、ちょっと気になる女の子がいた。高く澄んだ声、肩までの栗色《くりいろ》の髪。瞳はびっくりするほど大きくて、外国人のような淡い色をしていた。睫毛《まつげ》は濃く長く、くるんと巻き上がっている。

耕太の地元にはいないタイプの女の子だった。個人的な接触はなかったが、その子を見ると、なんだかふわふわした気分になったものだ。

十二月に入ったころ、その女子学生が、講義の休み時間に声をかけて回っていた。

『みんなのうちに眠ってる、絵本とかおもちゃとかあったら、寄付してほしいんだけど。施設を訪問するとき、持っていきたいから』

彼らの間で、クリスマスに養護施設慰問《いもん》の計画があることは、小耳に挟《はさ》んでいた。それはいいことだ、自分も力になりたいと素直に思えた。そして、そういう取りまとめをする彼女に、耕太はいっそう好感を持った。

頭に浮かんだのは、実家の祖母が、軽い脳梗塞《のうこうそく》のあとのリハビリに、古布で作っているぬいぐるみのことだった。

孫たちは耕太も含めてもう大きく、近所には小さい子供もいないから、誰にやるあてもなくたまっていくばかりなのだ。祖母も、自分の「作品」が誰かの役に立つなら、喜んでくれるだろう。

耕太はすぐ実家に連絡して、食品や衣類の定期便と一緒に送ってもらった。

箱いっぱいのぬいぐるみを彼らの部室へ届けると、居合わせた学生たちから歓声が上がった。

『わあ、こんなにたくさん！』

あの栗色の髪の女の子も手に取って、『素朴《そぼく》で温かくて、すっごい可愛《かわい》い！』とはしゃいだ。

好意を抱いた女の子に笑顔で『ありがとう』と言われ、耕太は胸ふくらむ思いがした。

いい気持ちで農学部棟の方に戻る途中、廊下に子豚《こぶた》のぬいぐるみが一つ転がっていた。抱えてきた箱から落ちたものらしい。

拾ってさっきの部屋へと引き返したとき、ドアの向こうからは、まだ女の子たちのキャンデイーのような声がこぼれてきていた。

だがその声に、耕太の甘く昂《たか》ぶった気分は粉々《こなごな》に砕《くだ》かれた。

『こんな古臭《ふるくさ》いもの、いくら施設にいる子だって喜ばないよねえ。要《い》らないおもちゃっていっても、こっちはゲーム機とかキャラものなんか期待してたんだけど』

聞き違えようもなく、あの女子学生の声だった。他の声もそれに和した。

『アイツ、絶対わかってないよね。得意そうに持ってきたもん』

『着てるものなんかも、ちょっとハズしてるし？』

『イナカの人らしいから、しょうがないよー』

耕太は足音を忍ばせてその場を離れた。今彼女らに見つかったら、悶死《もんし》すると思った。頭にくるとか悔しいとかでなく、ただもう恥ずかしかった。

彼女たちを恨《うら》む気はなかった。面と向かって嘲笑《ちょうしょう》しないだけ、気遣《きづか》いがあるのだ。聞いてしまった自分が悪い。気の利かない自分が悪い……。

それ以来耕太は、明るくて人あたりのいい人が苦手になった。相手の笑顔の下に渋面が隠れているようで、これまでのようにのびのびとはふるまえなかった。

馬術部の仲間や農学部のクラスメートたちを相手にしているぶんには、あまり気後れしないで済んだ。何といっても同好の士だし、女の子も男子のようにさばさばしているからだ。

それでも、自分は空気が読めていないと思うことがある。年末の部会での発言もそうだ。うんざりした様子の仲間の顔を思い出すと、胸が鈍《にぶ》く疼《うず》いた。

そうした何もかもがまとめて発酵《はっこう》してきて、このままどこかへ逃げていってしまいたいという思いに駆られたのだ。

耕太は老馬の腹に踵《かかと》を当てた。

「マンサク、行け！　どこまでも走れ！」

たてがみに顔を伏せると、藁と日向《ひなた》の匂《にお》いがした。

マンサクは煽《あお》られたのに、逆に歩度をゆるめた。「どうかしましたか？」と言わんばかりに、長い顔をねじ向けてくる。自分の運命を知らない馬の優しさに胸を衝《つ》かれて、耕太はこらえきれず、嗚咽《おえつ》した。

ふと視線を感じて、耕太はがばっと顔を上げた。

柵の外に、見知らぬ青年が立っていた。

同年輩のすらりとした男だ。何気なく立っているだけで、雰囲気がある。

かといって、彼は特に変わった格好をしているわけではない。暗色のダウンジャケットにジーンズという、キャンパスに集《つど》う男子学生の過半数がしているような、普通の身なりだ。なのに、何かが違う。シルエットだろうか、材質だろうか。

彼なら、「ハズしてる」などとは誰からも言われないに違いない。

よりによって、その青年の正面で、マンサクは止まってしまった。

うろたえた耕太は、慌てて顔を手の甲で擦った。どう取りつくろったらいいかわからない。

相手もどうやらとまどっているふうで、露骨《ろこつ》にあきれた顔は見せなかった。

わずかに逡巡《しゅんじゅん》してから、青年はあたりさわりのない言葉をかけてきた。

「――いい馬だね」

耕太は気の利かない答えを返した。

「え、いや、もうトシなんで」

「知ってる。みごとに白髪だもんね」

にこっと笑う。

――馬に詳《くわ》しい人みたいだな。

それで少しほっとして、相手を観察する余裕が生まれた。

自分よりいくらか年かさに見える。中途入部希望者だろうか。それとも、正月に行き場もなくて、馬を見に来たヒマな学生⁉

こちらを見上げる顔は、びっくりするほど整って洗練されていた。馬上からでは失礼な気がするほどだ。耕太はもたもたと馬を下りた。

目の高さで間近に見た青年は、本当に綺麗《きれい》な顔立ちをしていた。端整なのに冷たくはなく、懐《なつ》っこいのに品がある。栗色の髪はふわりと顔の輪郭《りんかく》を包み、明るい茶色の目には温かな光があった。

青年は、その目を馬と耕太とに等分に注いだ。ちょっと首をかしげ、

「なんて名前?」

「あ、マンサクです」

相手は漢字を当てはめようとするかのように、ちょっと目を宙に浮かせた。

「それって……馬の名前だよね?」

何を言われたのか、一瞬、意味がわからなかった。

それから、「マンサク」は人間の名前であってもおかしくないと気づいた。部の先輩が「豊年満作、農耕馬みたいな名前だ」と笑っていたのを思い出し、自分はこの人の目にもそんなに野暮《やぼ》ったく映《うつ》るのか、と情けなくなった。

耕太はいじいじと肩をすぼめた。

「俺って『マンサク』って感じします? やっぱ、田舎っぽい?」

相手はさっと顔を赤らめた。

「ごめん、ごめん。そんなつもりで言ったんじゃないんだ」

慌てた様子で、頭を掻《か》く。

そして、面映《おもは》ゆそうな微笑みを浮かべ、

「マンサクの花って知ってる? 春に先がけて咲く素朴な花だけど。君にはぴったりだと思ったもんで」

自分が花にたとえられるとは思わなかった。

――そういうことは普通、女の子に言わないか？

どぎまぎしていると、相手は微笑んだ顔のままで、さりげなく探りを入れてきた。

「ひょっとして、馬とケンカしてた？」

やはり泣き顔を見られていたか、と思った。

だが、お互い名前も知らない相手だ。これっきり会うこともないだろう。だったら、腹の中で馬鹿にされてもかまうものか。

耕太は、とつとつと数日前の部会のことを話した。初めは口が重かったが、共感する眼差《まなざ》しに励《はげ》まされてつい熱が入った。

二人が言葉を交わしている間、マンサクは興味なさそうに足もとの草を食《は》んだり、のんきに虻《あぶ》を追ったりしていた。

「で……たぶん、今年度かぎりでこいつともお別れになると思うんで……」

平静を装おうとしたが、無様に声が震えた。またしゃくり上げてしまいそうになる。耕太は必死で目を瞬《しばた》いた。なんという醜態《しゅうたい》を、見知らぬ男の前でさらしていることか。

青年はマンサクの鼻面《はなづら》を撫《な》でつつ、目はこちらに向けたまま、深くうなずいた。

「その気持ち、わかるよ。ずいぶんこの子に手をかけてるよね」

からかいの調子のない、しっとりした声音だった。

それからしばらく青年は、自分の思いに沈《しず》むように黙っていた。ふいに、何かを吹っ切ったような明るい声になって、

「気を落とさないで、なんて空々しいことは言えないけど。君とマンサクの幸運を心から祈ってるよ」

過剰《かじょう》に慰《なぐさ》められなかったことで、耕太はかえって勇気づけられるように思った。

青年は、涙の跡を拭《ふ》こうとでもするように耕太の頬に伸ばしかけた手を、再びマンサクの鼻面へ持っていった。ぽんぽんと叩いて「長生きしろよ」と囁《ささや》く。

それからちょっと手を上げて、急ぐふうでもなく遠ざかっていった。その背中が夕陽に照らされて、黄金色に染まってみえた。

——地上に舞い降りた天使みたいだ。

そんなとっぴな感想を抱《いだ》いてしまった自分がおかしくて、耕太はくすっと笑った。

別れの哀《かな》しみは消せるはずもないけれど、自分自身を傷つけかねない心の嵐は、いくらか凪《な》いだようだった。

正月七日、新学期を前にして、馬術部に全員集合がかかった。

ほとんどの部員が昼前に部室に揃《そろ》ったが、休みシフトで当番をはずれていた連中はやや不満顔だった。

そこへ部長は、爆弾を投下した。

「じつは……ダークトルネードを手放すことになった」

みなあっけにとられて、口をぽかんと開けていた。耕太《こうた》もそうだ。年末の重い話し合いは、いったい何だったのか。

「ぶっちゃけ、金に目がくらんだんだ」

副部長の佐原《さはら》が、横からチャチャを入れる。

「二束三文《にそくさんもん》にしかならないマンサクより、トルネードが高く売れるってことで。あのときも、はっきりどっちと決まってたとも言えないことだし」

いくらで？　というもっともな問いに応《こた》えて、国分《こくぶ》は両手の指を広げてみせた。

「百万」

大きなどよめきが起こった。

「それって、買ったときより高くないか？」

「いや、俺、あいつの買い値は知らんけど」

「百万も出すなら、お肉にはしないよね」

どこかほっとしたように言ったのは、同じ農学部の女子部員だ。耕太も同感だった。

国分は言いわけがましく言葉を継いだ。

「それも即金で払うと言うんだ。じっさい、それだけの資金がプールできれば、遠征費用やら厩舎《きゅうしゃ》の修理代やら、ずいぶん助かるし。早く返事をと言われて、三役で決めた。了承してくれないか？　トルネードの血統は惜しいけど、誰も乗りこなせないんじゃ意味ないしな」

増川《ますかわ》は呆然《ぼうぜん》とした顔で呟いた。

「あの暴れ馬を百万でって……いったい、どこの金持ちだよ？」

国分は何やら微妙な表情になった。

「ま、金はあるんだろうな。うちの学生だけど」

またもや驚きの声が上がる。

耕太も仰天《ぎょうてん》した。車ならまだしも、即金で馬を買うなんて、同じ大学生とは思えない。

佐原が「若様だよ」と明かすと、上級生たちは、なぜか「ああ」という顔でうなずいた。

わけがわからないでいる一回生たちに聞かせるように、国分は補足した。

「若宮《わかみや》っていう医学部の三回生だ。なんか大きな病院の一人息子だとか。学外の乗馬クラブ所属だけど、地方大会ではつねに上位だから、ここでも知ってるヤツは多いよな」

――なるほど、それで「若様」か。

耕太は納得した。そして、ちくりと胸に棘《とげ》が立つのを覚えた。マンサクに何もしてやれず、泣くしかなかった自分に比べて、なんと恵まれたお坊ちゃんだろう。

「明日の朝、クラブから迎えが来るそうだ。なるべくみんなで見送ってやろう」

解散を告げられた後で、耕太は国分に駆け寄った。

「あの、それじゃ、マンサクは……」

マンサクをこのまま置いておけることを確認したかったのだが、部長は別の意味にとったらしい。

憮然《ぶぜん》として、

「マンサクではどうかと言ったら、鼻で笑われたよ。『あの年で障害競技は無理だろう』って。まあそれはそうなんだけど、何というか、その言い方が……なあ」

奥歯にものが挟《はさ》まったような口ぶりで、副部長に話を振る。佐原は黙って肩をすくめた。

次の日の朝、耕太は部長の奥歯に挟まっていたモノを目の当《ま》たりにすることになった。

耕太が来たときには、「生駒《いこま》ステーブル」とロゴの入った白いトレーラーが、すでに厩舎に横付けされていた。

そのトレーラーのわきで部長と一緒にいる男を見て、耕太は思わず立ちすくんだ。元日に、馬場《ばば》で言葉を交わしたあの青年だった。

「あ」

間抜けな声を上げてしまう。

だが相手は、耕太が目に入っていないかのようにそっぽを向き、目に落ちかかる前髪をさらりと搔《か》きあげた。グラビアモデルのような気取ったしぐさだった。

耕太はとまどって目を瞬《しばたた》いた。自分の勘違いだろうか。他人の空似？　それくらい、初対面の印象とはかけ離れていたのだ。

部長が何か言うのへ、青年は不遜《ふそん》な笑みを浮かべて返した。

「まあ見ててください。トルネードは、ここで遊ばせておくには惜《お》しい馬だ。僕なら、あれをちゃんとした乗用馬に仕込める」

嫌味なほど自信たっぷりだ。

その態度にむかつく前に、耕太は心配になってきた。

自分は彼に馬の放出話をしたとき、マンサクのことばかりしゃべった。トルネードのことは、「皐月賞《さつきしょう》二着の馬で」くらいしか言わなかった。ひょっとすると、どれだけ気の荒い馬か知らないのではないか。

あっさりトルネードを買い取ったこの男は、引き取ったものの乗りこなせないとなったら、またあっさりと放り出すかもしれない。

耕太は勇気を奮《ふる》い起《お》こした。

「ちょっと、すいません」

相手はようやく耕太を真正面から捉《とら》えた。高慢な眼差《まなざ》しに射すくめられる。だがそこには、たしかに、耕太を見知っているという揺らぎがあった。

「トルネードは、すごく、その、性《しょう》が悪いです」

つかえつかえ、耕太は自分の危惧《きぐ》を言葉にしようとした。若宮は気短にさえぎった。

「なんだ、そんなことか」

その高飛車な態度には、出会いのときの天使の面影《おもかげ》はかけらもなかった。

「ご心配なく。気の荒い馬を調教し、乗りこなすのが乗馬の醍醐味《だいごみ》だよ」

王者の微笑だった。

あかぬけた美貌《びぼう》であるだけに、鼻持ちならない。

そこへ増川が、トルネードに無口頭絡《むくちとうらく》をつけて馬房《ばぼう》から引き出してきた。

このごろはあまり手をかけていなかったとはいえ、自分が入部した年にやってきたこの馬を、彼が主《おも》に世話していたのだ。増川の瞼《まぶた》も、うっすらと赤らんでいた。

「可愛《かわい》がってもらうんだぞ」

そう声をかけて、クラブのスタッフらしい青い作業着の男に手綱《たづな》を渡した。トルネードは不思議なほどおとなしく、導かれるままにトレーラーの荷台に上がった。

「若宮さん。乗ってください」

荷台の扉《とびら》を閉めたスタッフが、助手席のドアを開け、声をかけてきた。

若宮は、「じゃ」と誰にともなく片手を上げ、車の前に回った。

トルネードとその新しい主《あるじ》を乗せたトレーラーは、厩舎の横の坂道を下って行く。

増川は糸で引かれるように、何歩か追いすがった。

耕太はその場に突っ立っていた。

頭の中がぐちゃぐちゃだ。わけがわからない。

マンサクを褒《ほ》めてくれた。花の名前だ、とはにかんだ笑みを浮かべた。耕太の哀《かな》しみに寄り添い、いたわってくれた。

その男が、どうしてあんな……。

部長がぽんと肩に手を置いてきた。

「何をぶすくれてる。良かったじゃないか。おまえは、マンサクを手放したくなかったんだろう?」

「……はあ」

そうなのだ。これで、マンサクと別れなくて済む。トルネードにしても、乗用馬として再出発するチャンスを与えられた。いいことずくめだ。

それなのに、なぜかもやもやした割りきれない思いが残った。

あのとき若宮は、馬術部の馬が放出される噂《うわさ》を聞きつけて下見に来たのだろうか。それにしては、初めて聞くような顔をして、自分の打ち明け話に身を入れていたが。

もしや、自分の話を聞いて、トルネードを引き取ることを思いついたのか。しかし、それでは判断が早すぎないか。何といっても大きな買い物なのだ。

わからないのは、そのことだけではなかった。

ナイーブで気さくな青年と、不遜で高慢な道楽息子と、どちらが本当の若宮なのか。

ひょっとしたら、彼には性格のいい双子《ふたご》の弟でもいるんじゃないか。

そんなバカなことを考えてしまう耕太だった。


その日は五限までの講義の後、耕太は自主的に居残った。馬場に駆けつけたとき、厩舎から馬を引き出していた部員たちが「珍しく遅いじゃん」と声をかけてきた。

「ごめん、五限があったもんで」

「ずいぶん講義を詰め込んでるんだな」

詰め込んだのではなく、詰まったのだ。前期で、化学の単位を落としたからだ。試験で不合格になり、追試を受けたのだが、それでも基準点をクリアできなかった。結果、後期で再履《さいり》修《しゅう》となってしまった。

耕太は高校では理系選択ではなかったから、広く浅い内容の「理科総合」しかとっていない。入学時のガイダンスでは、化学は基礎《きそ》からという話だったが、それでも耕太は歯が立たなかった。

「二回目なのに、やっぱりわけわからん。このままじゃ、来年、三度目をやるはめになるかもなあ」

三度も受講すれば、さすがに教授も気の毒に思って単位をくれるかもしれない。そんな弱気なことを考えてしまう。

「要領わるーい。追試のとき、優とか秀とかでクリアした子からノート借りたらよかったのに」

いかにも簡単そうに言う女子部員に、いやそれが、と抗弁しかけたとき。

「僕のでよければ貸そうか?」

聞き覚えのある声に、耕太はぎょっとして振り向いた。

若宮が馬場の柵《さく》にもたれていた。

なぜこの男がここにいるのだろう。トルネードを引き取っていったからには、もう馬術部に用はなさそうなものなのに。

相手はにこにこ、いや、にやにやしながら続けた。

「化学は一年の前期で修了、もちろん『最優秀』の折り紙つき。さあ、どうだ」

ふん、とばかりに胸を張る。

たしかに、国立大の医学部に合格する頭があれば、一般教養の化学などちょろいものだろう。

耕太は生真面目《きまじめ》に切り返した。

「貸してもらってもダメだと思います。俺、さぼってたわけじゃないし。ちゃんと毎回、最前列で聞いてノートもとってたけど、ちんぷんかんぷんで。あんたみたいに頭よくないもんで」

最後はちくりと皮肉ってしまった。

だが若宮は、いっこうに堪《こた》えないようだ。

「試験に頭の良《よ》し悪《あ》しは関係ない。要はコツだよ。講師は萱島《かやしま》だろう？　追試については僕は受けたことがないから知らないが、本試に出す問題のポイントはわかってる。そこを踏まえてこそのノートだ。今度、持ってきて」

若宮は、ふいに顔を赤らめて言葉を切った。

こほんと咳払《せきばら》いして言い直す。

「いや、借りる方が取りに来るもんだよねえ？」

にっこりと笑う。

この笑顔が曲者《くせもの》だ、と思った。全く「善意」を感じない。

案の定《じょう》、いかにも恩恵《おんけい》を与えてやると言わんばかりに、若宮は耕太の肩を抱きこんだ。

「しかしまあ、君には医学部棟は敷居《しきい》が高いだろう。場違いで気の毒だから、やはり持ってきてあげるよ。そうだな、明後日《あさって》でいいか？」

謙遜《けんそん》などという言葉は、この男の辞書にはないのだろう。

背に腹は替えられない。必修科目で単位を落とすことに比べたら、嫌味な態度くらい辛抱《しんぼう》しなくては。

耕太はぶっきらぼうに礼を言って、厩舎に向かった。

マンサクは、耕太が通路に入ってくるなり、馬栓棒《ませんぼう》から首を伸ばして嬉しげにいなないた。

「遅くなってごめんな。腹が減ったろう。でも、部屋を綺麗《きれい》にしてから食べた方がおいしいぞ」

棒を上げてマンサクを出し、外に繋《つな》ぐ。戻って、掃除道具を置いてあるコーナーに行くと、いつのまに入ってきたのか、若宮がそこに立っていた。

「邪魔なんですけど」

相手は大げさに眉《まゆ》を吊《つ》り上《あ》げた。

「ノートを貸してやるという恩人に、ずいぶんな態度だな。さっきから、虫の居所でも悪いの」

「いや、ほんと、物理的に邪魔なんで。あんたの後ろにあるフォークを取りたいんです」

若宮はどいてくれなかった。難しい顔で腕組みしている。

「前に二人で会ったときは、すごく素直で可愛かったのになあ」

そうだ、この男には泣き顔を見られていたんだった。ほぞを噛む思いで、耕太は不愛想に言い返した。

「あのときは、若宮さんも今とは別人みたいでしたよ」

なぜか、痛いところにヒットしたらしい。

若宮は顔をしかめ、一歩退いて体を捻《ひね》った。背後の羽目板に吊るしてあったフォークを取って、耕太に手渡す。

自分も一本取り、

「手伝うよ。ここはいつでも人手不足のようだからな」

余計なひと言をつけ加えて、袖《そで》をまくった。

耕太は目を瞠《みは》った。

すらっと長いが、思いのほかにしっかりと筋肉のついた腕。その滑《なめ》らかな肌《はだ》に、紫色の痣《あざ》がいくつも散っている。

歯型の大きさと色の濃さで、トルネードにやられたのだとすぐわかった。自分もかつては、あのでかい口に思いきりかぶりつかれていたのだ。

「一週間かそこらで、ひどくやられましたね。俺はもう、そんなには噛まれなくなったけど」

気の毒ではあるが、それ見たことかという思いもあった。

若宮は、上手《じょうず》にフォークをあやつりながら、

「そりゃあね。こっちが手加減しないんだから、向こうだって遠慮《えんりょ》なんかしてくれるもんか」

その口ぶりに、耕太はトルネードのことが心配になってきた。

「手加減なしって——まさか、ひどい扱《あつか》いをしてるんじゃ」

「適切に扱ってるよ」

適切だなんて、情のない言葉だ、と感じた。

「そんな言い方」

抗議しかけて、耕太は口をつぐんだ。

もう、他人のものになった馬だ。口出しはできない。

それでも、これがマンサクだったなら、自分は黙ってはいない。マンサクを手荒に扱うようなら、若様だろうが殿様だろうが、叩きのめしてくれる。

耕太は黙々とフォークを動かした。

相手はのぞき込んできて、

「君はぜんぶ顔に出るね。ほんとにわかりやすいな」

おかしそうに言う。

耕太はもう、若宮を相手にしないことにした。というより、どう相手をしていいかわからなくて、せっせと体を動かす。

若宮は、そっけなくあしらわれても平気で話しかけてくる。

「『厩《うまや》九分《ぶ》』とか言われてるんだって?」

耕太は、さっと顔を赤らめた。

不器用で要領の悪い自分を、褒めるというよりは揶揄《やゆ》する言葉のように、このごろは感じていた。この人も、やはりそういう目で見るのか。

「俺、馬バカだから」

うつむいてぼそっと呟く。

若宮は大真面目に返してきた。

「それ、漢字で書いたら『馬』が重なるぞ」

ウマ・ウマ・シカ、と耕太は口の中で呟いた。

「――ほんとだ」

目が合ったとき、互いにふっと笑み交わす。山と谷とがちぐはぐだった波長が、一瞬ぴたりと重なる感じがした。

若宮は、自然な笑みを唇に浮かべたままで、こう言った。

「そういう馬鹿を、人間が馬鹿にしても動物は馬鹿にしないよ」

何かがすとんと胸に落ちる感覚があった。それは厚く積もった澱《おり》を突き抜けて、耕太の真《ま》っ芯《しん》に届いた。

「うん、ありがとう！」

胸の奥から跳ね返ってきたものを、耕太はそのまま口に出していた。

すると、何が気に障《さわ》ったのか、若宮はぷいっと横を向いた。

そのとき厩舎の入り口で、複数の人声と足音がした。他の部員たちが入って来たようだ。

若宮はフォークを置き、袖を下ろした。なにやら高級そうな腕時計を、わざとらしく眺《なが》めている。

「おっと。もうこんな時間か。クラブに行かなきゃ」

そして、またもや余計なひと言をつけ加えた。

「弱小馬術部の駄馬にかまけてるヒマはない」

それを聞いて、耕太はたった今胸に溢《あふ》れてきた温《あたた》かな思いを打ち消した。

「駄馬」とはマンサクのことか、自分のことか。

どっちにしろ、この男はやっぱりいけ好かないやつだ、と思った。


何の用かとは、耕太はもう訊《き》かなかった。

相手も、ちょっと目で合図しただけで、当然のように厩舎に入って来る。

若宮はこのところ、ちょくちょく馬術部に顔を出す。

化学のノートを持ってきてくれたと思ったら、今度は「ヤマを当ててやろうか」ときた。その次は「馬術雑誌のバックナンバーを要《い》らないか？　邪魔でしょうがないんだ」。

よく次々と用事ができるものだ。

彼が来るのは、夕飼《ゆうが》いの始まる少し前、耕太が一人でいるときが多い。そしてマンサクに引き運動をさせる耕太と並んで、馬場をゆっくり歩くのだ。

「次の競技会は、三月のユース大会だな」

若宮が言うのは、九州ユース馬術大会のことだ。今年は古賀《こが》の馬事公苑《ばじこうえん》で開催されることになっている。

「若宮さんは、トルネードで出るんですか」

「ああ。まだちょっと息が合わないけどね。それでも、どこかで使わないと力が測れないからな。秋の県民大会までに仕上がればいいと思ってるよ」

そこで、今度は耕太に振ってきた。

「君は？　出場しないの？」

「まあ、部内での優先権はあるんです。俺、ビギナー戦に出られなかったから……。いや、でも、やっぱり出ないかも」

若宮は足を止めて、じっと見つめてきた。

耕太も足を止めた。マンサクは他の馬のように、「早く行こう」とぐいぐい引くこともない。

「ま、ごゆっくり」と言わんばかりに、のんびりと尻尾《しっぽ》を打ち振っている。

耕太は言いわけめいたことを口にした。

「ほら。俺、『厩九分』だから」

ひと呼吸おいて、こう言い直した。

「いっそ、『十分』でもいいんです」

え？　と若宮は眉を吊り上げた。そのいぶかしげな表情に、焦《あせ》って早口になってしまう。

「うまく言えないけど……あの言葉って、『乗るためにはしっかり世話をしろ』ってことでしよ。俺は乗らなくても、馬に触ってられたらいいっていうか」

するとと若宮は、かえって熱心に勧誘してきた。

「でも、競技会はいいぞ。裏方もいいが、表舞台を経験することで、いっそう馬がわかるってこともある」

はあ、と耕太は生返事をした。

誰もが若宮のように自分の馬を持てるわけではない。大会で、一頭の馬を複数の選手で使い回すのも珍しくない。だが、使い回されると馬も疲れてくるし、誰がどの競技に使うかは、部内でも折衝《せっしょう》が必要だ。個人参加の若宮と違って、いろいろと難しい問題があるのだった。

若宮は、耕太の逡巡《しゅんじゅん》を読み取ったように、思いがけない提案をよこした。

「マンサクで出るというのは？」

ええっと声が出た。当のマンサクはわれ関せずとばかり、のどかに草を食《は》んでいる。

「おたくの上の方は、アラブやクオーターで出るんだろう。マンサクには、競争なしで乗れるじゃないか」

たしかに、マンサクで競技会に出場しようという部員はいないに違いない。しかし……。

耕太は憮然として言い返した。

「だ、だって、あんたが言ったんでしょう、年寄りだから障害は無理だって」

若いときからずっと鍛錬《たんれん》を続けている馬なら、年をとっても障害飛越はできる。マンサクは、そういう訓練は受けないまま、気のいい練習馬になってしまったのだ。

若宮はあっさりうなずいた。

「障害は、な。だが、馬場馬術なら？　あれは跳ばなくていいぞ。それに、マンサクは性格が素直で従順だから、馬場に向いてる」

今度は苦い笑いがこみあげてきた。

「マンサクが向いてても、俺が向いてないっすよ」

「なんで」

見返す顔は、大真面目だ。

嫌味で言っているのだろうか。それとも本当にわからないのか。ふだんがふだんだから、こういうとき、どちらか判断がつかなくて困る。

若宮が無神経なのではなくて、自分の置かれている境遇《きょうぐう》は、彼のような恵まれた人間には理解できないのかもしれない、とも思った。

「馬場は、障害よりもっとノーブルな競技ですよ。あんたならともかく、俺みたいなしょぼい田舎《いなか》もんには……『馬子《まご》にも衣装』ったって、限度ってもんがあるでしょ」

笑い飛ばしたが、口に出してみると、若宮との隔《へだ》たりの大きさが胸に堪えた。

そもそも、自分が大会に出るとしたら、障害だと思っていた。障害競技は、あまり格式ばっていない。規模の小さい大会なら、上着なしでも許されるくらいだ。

それを、馬場馬術だなんて。

ブーツに白シャツ、ネクタイにジャケットだけでも自分には荷が重いのに、ヘルメットではなく、気取ったハットなんか被《かぶ》ると思うと、想像しただけでその「似合わなさ」にめまいがする。

ああいう格好は、この若宮にこそ似合うだろう。

——なんたって、「若様」だもんな。

すらりと伸びた背、馬上から睥睨《へいげい》する高慢な眼差《まなざ》し。

その凜々《りり》しい姿を眼前に浮かべると、どこかがきゅんと収縮する。手の届かないものへの憧《しょう》憬《けい》が胸を灼《や》いた。

そんな耕太の鬱屈《うっくつ》を知ってか知らずか、若宮はこう持ちかけてきた。

「マンサクのために、やってみようって気にならないか」

「——どういうことですか」

「僕がトルネードを買い取ったから、今は難を逃《のが》れたが、もっと部員が減ったら？　それとも、ほかにいい馬を入手できることになったら？　今度こそ、マンサクはコンビーフだぞ」

いつもの皮肉な調子だった。

かと思うと、熱心に説《と》きつけてくる。

「競技会でも使える馬だとなったら、みんなのマンサクを見る目も変わるだろう。バッティングピッチャーじゃなくて、先発が務まるってところを見せてやれよ」

この人はやはり、マンサクに何か思い入れがあるのだ。マンサクを食肉処理場行きの運命から救うために、トルネードを買ったのかもしれない。

そして自分には、マンサクの世話役としての存在価値しか認めていないのではないか。

胸の奥から、酸《す》いとも苦いともつかぬものがこみ上げてきた。

「あんたがそんなに、マンサクのことを考えてくれてるとは思わなかった」

らしくない皮肉をぶつけてしまった。これでは、マンサクを妬《ねた》んででもいるみたいだ。耕太はそんな自分を恥じた。

だが、若宮はさらりと受け流した。

「知ってる馬が不幸になるのは、僕は嫌なだけだ」

偉そうに腕組みし、

「で？　出るのか出ないのか、どっちだ？」

「はあ、その」

押しの強さに、たじたじとなってしまう。

「自分で言えないなら、僕がおたくの部長に掛け合ってもいいけど」

耕太は、ぷるぷると頭を振った。

この人に任せたら、遠慮会釈《えんりょえしゃく》のない毒舌で、部長たちをいたぶり倒すに違いなかった。

練習にかかる前に、耕太《こうた》は柵内《さくない》の石ころを拾って回っていた。ユース大会を控《ひか》えたこの時期は、放課後もみっちり「乗り」がある。

「風間《かざま》、もうそのへんでいいぞ」

反対回りで場内整備をしていた佐原《さはら》が、そう声をかけてきた。

副部長の佐原は二回生で、耕太とは別の意味で、馬に乗るより裏方が向いている男だ。事務能力に秀《ひい》でていて、マネージャー的な役目を担《にな》っている。朴訥《ぼくとつ》で大ざっぱな国分《こくぶ》を支える、頭の回転の速い先輩なのだった。

その佐原が、何やら含むところのある顔で歩み寄ってきた。

「おまえさあ、最近、若様になやたらなついてないか」

まさか若宮《わかみや》が何か言ったんじゃないだろうなと疑いつつ、耕太は笑って切り返した。

「なつくだなんて、俺、犬や馬じゃないっすよ」

佐原はひとつうなずいて、予想外のことを言い出した。

「おまえ、やっとその笑顔が出るようになったな。ひところは、なんか俺たちに距離を置いてるみたいで、部長も気にしてたんだぞ」

耕太は黙っていた。

やはり気づかれていたのか。

国分にしても佐原にしても、あまりうるさく世話を焼くタイプではないが、見るところは見ているんだなと思った。

佐原の口ぶりからは、馬を放出する話し合いから気持ちがこじれたとでも思っているのが感じ取れた。むろんそれもあるが、耕太が鬱屈《うっくつ》していたのはもっと前からだ。馬術部とはかかわりのない、くだらないコンプレックス。

——あれ？　たしかに俺、このところ浮上してきたと思うけど、なんでかな。

それは佐原にとっても疑問だったらしい。彼は独創的な見解を口にした。

「おまえが元気になったの、ひょっとして若様のおかげかな。よくああいう性格悪いのとつるめるなと思ったけど、毒をもって毒を制す、みたいな？」

若宮も、ずいぶんな言われようだ。

耕太は深い考えもなく、心に浮かぶままに返した。

「俺、意地悪な人の方が好きなのかも」

はあ？　と、あきれたように語尾を高くした後で、佐原は意味深にニヤついた。

「Mか、おまえは」

耕太は慌てた。

「あ、好きって、そういうアレじゃなくて、人づきあいの上で、何というか」

「そういうアレって何だよ」

追及されて、真っ赤になってしまう。

「や、だから、そうじゃないって」

「おいおい、マジかよ……」

引き気味の佐原に向かって、耕太は苦《くる》し紛《まぎ》れに口走った。

「だって、あれだけ性格の悪さが表に出てるんだったら、それ以上は何も隠してないってことでしょう。かえってつきあいやすくないですか」

佐原はぷっと噴き出した。「面白《おもしろ》いヤツ」と呟き、秘密を打ち明けるかのように声をひそめる。

「あの根性の悪さは、ギアクの可能性もあると俺は踏んでるんだ」

さすが法学部だ。言うことが小難しい。

「ギワク、じゃなくて?」

「偽善の反対の偽悪。いい子ぶるんじゃなくて悪い子ぶるっていうか。……まあ、なんだ、いわゆるツンデレ?」

今度は耕太が噴き出してしまう。

「ツンデレって、好きな相手にツンツンするもんでしょ?　あの人、誰かれとなくツンケンしてますよ。いったい誰に対してツンデレなんすか」

「だって、あいつはおまえを気に入ってるじゃんか」

それこそ「はあ?」だ。耕太はぼりぼりと頭を掻《か》いた。

「俺、みんなの避雷針《ひらいしん》代わりにいじられてるって気がするんすけどねー」

「よくあるだろ、好きな子をいじるってのは」

したり顔の佐原を、耕太はすげなく切り捨てた。

「いまどき小学生だって、そんなベタなことしないでしょう。だいいち、何で俺?」

んー、と佐原は首を捻《ひね》った。

「自分とは対極にいるからかなあ。金持ちで頭がよくてカッコいい自分に、若様は飽《あ》き飽《あ》きしてるんじゃ」

「その対極が俺? ひっでえ」

噂《うわさ》をすれば何とやらで、そこへ若宮が例によってふらりとやってきた。

佐原はさっさと逃げ出した。口達者な法学部生でも、若宮は苦手らしい。

――やっぱり俺を避雷針にしてるんじゃないか。

まっすぐ耕太に歩み寄ってきた若宮の手には、九州ユース大会のパンフがあった。

「君の名前、出てるね」

耕太は口を尖《とが》らせて、不満を鳴らした。

「そんなん、俺ら、まだ貰《もら》ってないし」

「何事もコネだよ」

不穏当なことを言って、若宮はパンフを差し出してきた。

この野郎と思いながらも、のぞき込んでしまう。

自分の名前が活字になって刷り物に載っているのは、入学式の名簿以来だ。ちょっと面映《おもは》ゆい。

若宮の名も、むろんあった。障害競技の方だ。

『若宮洸彰《ひろあき》　所属・生駒《いこま》ステーブル　乗馬・ダークトルネード』

馬の名前欄《らん》が、耕太にはことに感慨《かんがい》深かった。

部の誰もまともに御《ぎょ》することができなかったから、力のある馬なのに、トルネードは馬術大会に出たことがない。「彼」にとっても、これは初陣《ういじん》なのだ。

馬場《ばば》馬術への出場者を目で数えていると、いきなり髪をわさわさと掻き回された。

「わ!?」

思わずのけぞる。

若宮は耕太の髪を摑《つか》んだまま、しかつめらしい顔で断じた。

「前髪が重い」

「は?」

「前から思ってたんだ。黒い髪はただでさえ印象が重たいだろう。横と後ろは短めに刈《か》って、前髪はぱらっとかかる程度に下ろして、残りは後ろに流す。君は目と眉《まゆ》を見せた方がいいよ」

しゃべっている間も、若宮は髪を放さない。こんなところを佐原にでも見られたら、また何を勘違いされるかわからない。

耕太は焦《あせ》って身をもがいた。

「わかった。切る。すっぱり切るから」

「いや、わかってない。どこもかしこも短くしてしまったら、ど田舎《いなか》の野球少年じゃないか。君にはセンスってものがないのか」

若宮はようやく手を離してくれた。

しかし、それで無罪放免《むざいほうめん》とはいかなかった。退路を塞《ふさ》ぐように耕太の前に立ちはだかる。

「だいたいそれ、どこで切ってるんだ？　寮の裏の理容店とかじゃないだろうな？」

大当たりだ。

「なんでわかるんすか」

上目遣《うわめづか》いで反問すると、若宮は短く舌打ちした。

「寮生の巣窟《そうくつ》なんかに行くから、そのザマなんだ。……美容院もこのあたりのはダメだぞ。軒《のき》並《な》み、地元のオバチャン御用達《ごようたし》だからな」

若宮はポケットを探り、カードケースからサービス券らしきものを抜き出した。

「切るならここに行け。けやき通りの四つ角だから、すぐわかる。僕の名前を出せば、チーフがやってくれる」

手に押し付けられた紙片には、「お得意様」「半額割引」という文字があった。

他の部員たちは、それぞれの馬を引いて集合しつつあった。国分が指示を出して、馬場に障害物が配置される。

自分もマンサクを連れてこなければと、耕太はパンフレットを若宮に返し、サービス券はポケットに突っ込んだ。

若宮は聞こえよがしに言い出した。

「ここ、外部コーチはいないいんだろう。君にドレッサージュを教えられるほどの実力者がいるのか」

歯に衣着《きぬ》せぬというか、自分とは別の意味で空気が読めない男だ。いい男すぎるだけでも反感を買うところなのだ。少しは謙虚《けんきょ》にふるまえばいいのに……。

はらはらしていると、案の定《じょう》、部長の国分が渋い顔で苦情を言い立てる。

「見学はいいとしても、活動に口を出してほしくないな。君は部外者なんだから」

若宮はひょいと肩をすくめた。

「本当のことを言ってるだけだ。馬場をろくにやらないうちに障害とは、本末転倒だろう」

正論ではある。馬場馬術、ドレッサージュは馬術の原点だということは、耕太も聞きかじっていた。

国分は嘆息《たんそく》した。

「それを言われるとつらいな。今年の一回生は、ホウケイダチもできてないしなあ」

耕太は目を剥《む》いた。

——包茎《ほうけい》・勃《だ》ち？

若宮も涼しい顔で受ける。

「ふうん。まだホウケイレベルなんだ？」

「な、なんてことを言うんですか」

耕太は、顔から火が出る思いで抗議した。

「包茎だの勃つだの、女子もいるってのに少しは慎《つつし》んでください！」

国分はぽかんと口を開けた。

「おまえこそ、なに恥ずかしいこと言ってるんだ？　正方形の方形だぞ。四肢《しし》に均等に体重を載せた停止。馬場の基本姿勢じゃないか」

「えっ？　そ、そうなんですか？」

耕太はじわじわと赤くなった。

とんでもない勘違いをしてしまった。実地に馬に触れるのは大好きでも、理屈は苦手で、教本ひとつ読んでいなかったのが失敗だった。

若宮は、底意地の悪い猫撫《ねこな》で声《ごえ》をかけてきた。

「そうか。君、ひょっとして自分が包茎だから、何でもそう聞こえるのか」

涙目で首を振る耕太を、若宮はさらにおちょくる。

「まあ、日本人では成人男性の七十パーセントが仮性だというし。ギリシャ時代は、包茎の方がむしろ上品とされていて……」

これにはとてもたまらず、耕太は厩舎《きゅうしゃ》へと駆け出した。背後から、じつに楽しそうな若宮の笑い声が追ってきた。

――あれのどこがツンデレだよ。佐原先輩の言うことなんか、絶対に信じるもんか。

耕太は心の中で思いっきり、副部長に毒づいた。


耕太《こうた》は馬たちに「また明日な」と告げて厩舎《きゅうしゃ》を出た。夕陽は低い山の端に隠れ、あたりはかなり暗くなっていた。

だから、クラクションを鳴らされるまで、馬場《ばば》から県道に抜ける坂道に車が停まっていることに気づかなかった。

濃紺の軽自動車の窓から顔を出したのは、若宮《わかみや》だった。

「今、帰り？　歩きなんだ？」

ポケットに手を突っ込んだ前かがみの姿勢で、耕太は顔だけ家の方角に動かした。

「アパート、すぐそこだし。……てか、若宮さん、しばらく来なかったですね」

「部外者は顔を出しづらくてさあ」

拗《す》ねた少年のように、若宮は顎《あご》を突き出した。

「俺、若宮さんのこと、部外者だなんて思ってませんよ」

耕太は真顔で言った。

「同じ大学にいて馬をやってるんだから……。そりゃ、出場母体はクラブ名になるけど、うちの学生だってことは間違いないんだし。ライバルだけど同志でもあると……あ、すいません、全然レベルが違うんでした」

「君のことだから、おべんちゃらってわけでもないか」

若宮は、ひとりごとのように呟いた。そして、いつになく優しい言葉をかけてきた。

「そこ、寒いだろう。ちょっと乗らないか」

送ってくれようとでも言うのだろうか。

夕日のせいか、若宮の瞳は和《やわ》らいだ色をしている。初めて会ったときの笑顔を思い出して、覚えず胸が高鳴る。

耕太は焦《あせ》り気味に首を振った。

「いや、ほんと、家近いんで」

だが若宮は、身を乗り出して助手席のドアを開けた。

耕太はやむなく、助手席に腰を下ろした。車の中を見回して、さっき抱《いだ》いた感想を口にした。

「あんがい普通の車なんですね」

「普通って？」

「若宮さんなら外車かなあと」

なぜか若宮は、うんざりしたようなため息をついた。

「親には、成人祝いにニューモデルの新車を買ってやるとは言われたさ。外車でもいい、とね。でも僕は、『車は走りゃいい、中古の軽でたくさんだ。差額で馬を買う』と言ったんだ」

「外車との差額が、トルネードに化けたんですか」

「その金が、君らの部室の改装費用に化けたんじゃないか」

耕太はぷっと肩を揺らした。

トルネードを売却《ばいきゃく》して得た金は、小汚《こぎたな》い部室の床板を張り替えたり、備品を買ったり、古くなった馬具の更新に当てられたのだ。若宮のおかげで、馬術部の環境レベルは格段に上がっている。

若宮はステアリングに覆《おお》い被《かぶ》さるように上体を傾けて、唐突に言い出した。

「なあ、これから僕のクラブに来てみないか」

「生駒《いこま》ステーブルに、ですか？」

びっくりして大きな声が出てしまった。

「トルネードよりずっと温和な馬ばかりで、よく調教されてる。君は、そういうのできちんと練習した方がいい」

夜間も営業しているから、と勧めてきた。耕太は尻込《しりご》みした。

「ビジター料金は割高になるんじゃないですか。俺、そんな金ないです」

「そうだろう。あるようには見えない」

ここまでぶしつけだと、いっそ気持ちがいいというものだ。

若宮はさらにぶしつけなことを言い出した。

「君から金を取ろうなんて思ってないよ。貧乏人《びんぼうにん》は素直に招待されてればいいんだ」

さすがにこれには、顔がこわばった。

「ご親切はありがたいですが……」

「親切？」

若宮は眉《まゆ》を思いきり吊《つ》り上《あ》げた。

「なんで僕が君に親切にしなきゃならない？」

「いや……だって……」

相手はひと息にまくし立てた。

「君が惨敗《ざんぱい》すると僕のメンツが立たないの。わかる？　馬場馬術に出てみたらと言ったのは、僕だからね。僕に見る目がなかった、ということになるだろう。ま、見る目がないヤツばかりだから、トルネードを手放したりするんだろうけどな。『千里《せんり》の馬は常にあれども、伯楽《はくらく》は常にはあらず』。漢文の句型で部分否定って習わなかったか？」

煙《けむ》に巻かれて、耕太は頭がくらくらしてきた。

じつのところ、若宮の申し出に甘えるわけにはいかないと思いつつ、そのクラブに行ってみたいと、気持ちは動いていた。

自分は、本格的な乗馬クラブというものを知らない。その興味に加えて、ふだん若宮がどんなところで馬に乗っているのか知りたくもあった。

それに、行けば向こうでトルネードに会えるだろう。あの暴れ馬には、マンサクとはまた違った意味で愛着を感じている。

耕太は用心深く、言った。

「若宮さんのご期待に応《こた》えられるかどうかは」

若宮は言下に切り捨てた。

「うん。それほど期待してないから」

こんな男に気がねするだけ、空《むな》しいと思う。

やれやれと肩を落とす耕太に、若宮は条件を提示してきた。

「しかし、そうだな。何か見返りは欲しいよな。僕のことを『若宮様』と呼べ……ってのは、僕がよっぽど偉《えら》ぶってるみたいだしな」

――偉ぶってないとでもいうのかよ。

心の中で突っ込んでしまう。

「僕が君のことを名前で呼び捨てる権利、なんてどうかな。耕太、だったっけ？」

「そんなことでいいんですか」

「不足か？　じゃあ『附則《ふそく》』をつけてやる」

オヤジギャグみたいなことを言って、若宮は指を一本立ててみせた。

「附則その一。僕が『耕太』と呼んだら、何をおいても飛んで来る」

俺は犬かよ、と耕太は低くぼやいた。

「附則その二。家族はしょうがないとして、ほかのヤツには名前で呼ばせるな」

ちょっと考えてみた。今のところ、大丈夫そうだ。サークル仲間もクラスメートもお互い苗字呼びだし、大学では名前で呼び合うほどの「親友」はまだいない。できたときは……そのとき考えればいいだろう。

耕太が受け入れたと見てとって、若宮は満足げに微笑《ほほえ》んだ。

「じゃあ、契約成立ってことで」

もったいぶって握手《あくしゅ》を求めてくる。耕太は気恥ずかしい思いでそれに応じた。すんなりした指のわりに、若宮の手のひらはしっかりと硬かった。

若宮は、耕太がシートベルトを締めたのを見定めて車を発進させた。

生駒ステーブルには、二十分ほどで着いた。もう火ともし頃で、外馬場は、球場のようなライトで照らされていた。

仕事帰りのサラリーマンやOLといった感じの客が自分のペースで乗馬を愉《たの》しんでいるのが、車の中から見える。

掃除が行き届いているらしく、車から出ても、あたりに漂《ただよ》う獣臭《けものしゅう》はわずかだった。

「先にトルネードに会う?」

若宮に案内された厩舎も清潔で、整然としていた。馬房《ばぼう》の敷《し》き藁《わら》は、乾いてふかふかしている。じゅうぶんな人手で運営されているのだろう。

トルネードは奥まった馬房に入れられていた。

捩《よじ》れた流れ星のような額の模様を見ると、懐《なつ》かしさで胸がいっぱいになった。

相手も耕太を認めたはずなのに、そっぽを向いて横目でうかがっている。あいかわらず、素直じゃない。だが、尻尾の付け根は立ちあがっている。彼なりに喜んでいるのだとわかった。

「おまえ、いいところで暮らしてんなあ」

差し出した手に、黒馬はかちっと歯を鳴らしてみせた。じゅうぶんよける余裕のある間合いだった。

その様子を見ていた若宮は、

「君がこいつに嚙《か》まれなくなったのは、落馬して競技会をキャンセルしてからだって？　馬は、人間が思ってるよりずっと頭がいいからな」

「そりゃ、俺もそう思いますけど。それとなんか関係が」

若宮は静かに言った。

「君に悪いことをしたと思ったんだろう」

耕太は意表を突かれて目を瞠《みは》った。トルネードについて、そういう見方をしたことがなかった。そして、若宮がそんなふうに考える人間だということにも驚いたのだ。

耕太がまじまじと見つめていると、若宮はつっけんどんに撥《は》ねつけてきた。

「何をそんなに見てる」

いえ、と慌てて目をそらしたが、耕太は横目で若宮をうかがった。

彼の姿に、別の方向からライトが当たったような気がした。なぜか胸が騒ぐ。耕太は、自分の中に生まれた新しい若宮像にとまどいながら、その後に従った。

厩舎を出て、クラブハウスに向かう。南国のリゾート施設のような白亜《はくあ》の建物だ。

耕太はフロントで、ブーツとヘルメットを借り出した。

「馬の用意を頼んでくるから、ちょっと待ってて」

耕太をベンチに残して、若宮は立っていった。

待つ間に耕太は、壁のボードに貼《は》られた写真を眺《なが》めた。イベントの記念写真や、会員たちの雄姿がずらりと並んでいる。

見るからに初心者らしいへっぴり腰の中年女性や、イギリス紳士のように凜《りん》とした老人。ホースセラピーというのか、体に障害のある人も、介助《かいじょ》を受けて乗馬を愉しんでいるらしい。

それらの中央に、耕太は知った顔を見つけた。

「あ、これ、あの人だ」

今より少し若い、美少年顔の若宮が、凜々《りり》しい姿で写っている。ベルベット張りのヘルメットに黒いジャケット、ぴかぴかのブーツで白馬に跨《また》がり、胸を張っているさまは、それこそ「王子様」だ。

ほれぼれと眺めていると、ブーツを出してくれた係員がそばにやってきた。三十前後だろうか、明るく気さくで話し好きのお姉さんという感じだ。

「若宮様のお連れ様でしたね？　長いことお友達でいらっしゃるんですか」

「いえ、俺はつい最近……」

「じゃあ、このころの若宮様はごぞんじないんですね」

女性スタッフは写真に目をやり、懐かしそうな顔になった。

「これ、若宮様が最初に競技会で優勝されたときのです。馬はうちの所有でしたけれど、ほとんど若宮様の専属みたいになってて。この子が引退してからは、なかなか新しい馬に気が向かなかったようで。情の深い方だから」

――情が深い……かなあ？

耕太は首をかしげた。

言われてみれば、若宮は少なくとも「薄情」ではないと思う。むしろ、お節介なくらいだ。

自分では、情け深くふるまっているつもりなど、さらさらなさそうだけれど。

「今は、自己所有の馬をお預けくださっています。預託料を払っているのだからと、こちらに全部お任せになってしまう方も多いですけど、若宮様は毎日のように手ずから世話をしに来られてますよ。お勉強の方も大変でしょうにねえ」

その合間を縫《ぬ》うようにして、馬術部に顔を出しているのか。なぜそんな無理をしてまで。

ふっと佐原《さはら》の発言を思い出した。

――俺を気に入ってるから？

まさかそんな、と首を振ったとき、ぽんと肩を叩かれて、耕太は飛び上がった。

「どうかした？」

「い、いえ、別に」

考えていたことがことなので、へどもどしてしまう。

「ブーツは履《は》いたね？　ヘルメットは」

言われて耕太は、かぶっていたキャップを脱いだ。

「あ」

若宮は目を瞠《みは》った。

その反応で、耕太は先週末、町のヘアサロンに行ったことを思い出した。若宮の進言に従って、髪型を変えたのだ。

従っても従わなくても、どうせ何かけちを付けられるに決まっている。我ながら、なんで素直に言われたとおりにしてしまったのか。

だが若宮は、はにかんだようにふわりと微笑んだ。

「うん。やっぱりその方がオトコマエに見える」

それから傲岸《ごうがん》に顎を上げた。

「僕の審美眼《しんびがん》はたしかだよな」

そこへスタッフが「ご用意ができました」と声をかけてきた。

「今日は、若宮様はお乗りにならないのでしたね」

「え、じゃあ俺だけ?」

若宮と並んで乗るのではなく、自分だけが彼の視線にさらされると思うと、急に気後れを感じた。

「僕はコーチだからね」

若宮はサディスティックな笑顔を向けてきた。

「だから、この鞭《むち》は君に使うんだよ」

手にした短い鞭を、ぴしりと手のひらに叩きつける。どこまで冗談なのかわからない。

さっき車の中から見えた外馬場ではなく、体育館のような建物に案内された。かまぼこ型の屋根の下には、綺麗《きれい》にならされた砂地が広がり、丈《たけ》の低い白い柵《さく》が廻《めぐ》らされている。

「今度の大会では馬場は屋内だから、慣れておいた方がいいだろう」

耕太は、屋内馬場は初めてだった。

——それもあって、連れてきてくれたのかな。

たしかに、開放的な屋外と閉鎖《へいさ》空間の屋内では、ずいぶん感じが違う。

そこに用意されていたのは、落ち着いた感じの栃栗毛《とちくりげ》で、クオーターホースと言われる乗馬用種だ。

馬体と馬装《ばそう》のチェックをしていると、若宮がひとこと釘《くぎ》を刺してきた。

「言っておくけど、ここの馬は厳《きび》しいよ」

耕太は栗毛の轡《くつわ》を捉《とら》えて振り向いた。

「温和な馬ばかりだと……」

「すごく厳しく調教されてるってこと。だから、あいまいな指示では動かない。馬の方が先生だと思った方がいいね」

そう言われて、馬の顔色をうかがってしまう自分が情けない。

「出来の悪い生徒ですいません」

長い顔にそう挨拶《あいさつ》し、あぶみに足をかけて、えいっと蹴《け》り上《あ》がる。

栗毛は微動《びどう》だにしない。

耕太が鞍《くら》に腰を落ち着けたのを見定めて、若宮は真面目《まじめ》くさって指示を出した。

「では早速、アレをやってもらおうか」

「アレ?」

若宮は、わざとらしく手のひらで口を囲った。

「ホーケイ立ち」

ぷっと噴き出してしまった。

トトト、と馬が前へ動く。

「おっとっと」

耕太は慌てて手綱《たづな》を引き締めた。

「何をやってる。重心が動くと、馬は『前へ進め』だと思うぞ」

「動くようなことをさせたのは誰だっつうの」

若宮は取り合わなかった。もう鬼教官の顔になっている。

「まっすぐ座って」

そこからチェックが入るとは思わなかった。

「え、そのつもりだけど」

「自分でまっすぐと思う位置より、心もち後ろに反《そ》った方が『まっすぐ』に見えるんだ。もっと腰を前に出す」

耕太は鞍の上でもぞもぞと座り直した。と、若宮はつかつかと近づいてきて、耕太の尻に手を添え、ぐいと押してきた。

「ひゃう」

思わず変な声が出てしまった。何ともバツが悪い。

どうも若宮はスキンシップに抵抗がないというか、触りたがりだ。だが、他の学生にはそんなに馴れ馴れしくしている様子はない。髪型にまで口出ししてきたことといい、耕太をペットと同列にみなしているのかもしれない。

「重心を馬と重ねる。自分の身も心も馬の中心に置く、と考えるんだ。……よし。それでいっぺん、きちっと立ってみようか？」

「きちっと立つ」だけで、耕太は大汗をかいた。一鞍《ひとくら》、すなわち五十分の教練を終えたときは、すっかりへとへとになっていた。

これまで好き勝手に乗るだけで、馬をも自分をも、コントロールすることができていなかったと痛感する。

借りた馬を外の洗い場に繋《つな》いで、後をスタッフに任せ、二人は外馬場を一巡《いちじゅん》する散歩道に出た。二月半《なか》ばの夜気は冷たいが、汗をかいた体にはかえって心地よい。

ベンチに腰かけ、耕太はおずおずと教示を仰《あお》いだ。

「こんなんで、俺、何とかなる?」

若宮は、鞭を手にパシパシと当てて考え込んだ。

「君は、背筋《はいきん》も腹筋も見た目よりしっかりしてるから……。でも、平衡《へいこう》感覚がちょっと弱いんじゃないかな」

「そうすか」

よくわからないが、相手は馬術部が束《たば》になってかかってもかなわないほどの実力者だ。素直に受け入れるしかない。

「ええと、そうすると、どうすれば」

「ちょっと待って」

若宮は腰を上げ、耕太から走って遠ざかった。数十メートル離れて、くるりと振り向く。

片手を上げて、よく通る声で呼んだ。

「目をつぶって、ここまで歩いて来いよ」

耕太、と付け加える。附則一の発動だ。

耕太は目測して、ちょっとためらった。

「大丈夫、危なくはないさ。間に障害物はない。君があさっての方角に行くようなら、声をかけてやる」

それを信じて、耕太は固く目をつぶり、踏み出した。

目を開けているのと同じにスタスタとはいかないが、若宮が「見ていてやる」というので、不安はなかった。

この男はたしかに意地が悪い。しかし、嘘をついたり他人を陥《おとしい》れたりという陰湿さはない。そんなことをする必要すら感じないのだろうが。

途中、少し進路が逸《そ》れたのか、若宮は馬を動かすときのように軽く舌を鳴らした。それを耳でとらえ、方向を修正する。なんだか西瓜《すいか》割りのようだ。

やがて、すぐ近くで声がした。

「はい、そこで止まって。目は閉じたまま」

なぜ目を開けてはいけないのか。不審をおぼえながらも目をつぶっていると、唇に何かが触れた。弾力《だんりょく》のある滑《なめ》らかな感触。

ぎょっとして目を開け、跳びすさる。

若宮が鞭を手に、にやにやしていた。その先が、ワイパーのように揺れている。

「キスでもされたと思った?」

そう言いながら、鞭の尻を耕太の目の前に突き出してきた。

なるほど、あれはゴムの感触だったか。

「そ、そんなこと、思うわけないっしょ」

焦って否定するのに、若宮は追《お》い討《う》ちをかけてきた。

「まあ、キスも、しようと思えばできそうだったな」

「え？　ええ⁉」

耕太は焦りまくった。

佐原のせいで、若宮のことを変に意識してしまっているようだ。つくづく、あの先輩の妄想《もうそう》力《りょく》が恨《うら》めしい。

若宮は、くふ、と含み笑いを漏らした。

「マンサクと同じだな。とことん素直だ」

どうせ、とふて腐れると、若宮は上機嫌でいじってくる。

「素直な子は得をする。このあと、クラブハウスで晩飯を奢《おご》るよ」

いや、そこまでまと遠慮《えんりょ》する耕太に、若宮は附則を適用した。

「来るんだ、耕太」


まだ桜には早いが、めっきり春めいてきた。

今年のユース大会は近場での開催になったので、一日だけの約束で、農場を持つＯＢからトレーラーを借りることができた。業者の馬運車《ばうんしゃ》は高くつくのだ。

マンサクを含めて三頭の馬が、トレーラーに乗り込む。

トルネードに次ぐ高い能力を持つ馬は、近くの乗馬クラブで生まれたクオーターホースのマイスタージンガーと、ＯＢ寄贈《きぞう》のアラブ種カシュクランだ。この二頭に、部員五人が交代で乗る。

耕太《こうた》は一人、マンサクで馬場《ばば》馬術に出場するのだった。

「へえ。ドレッサージュかあ。うちからは久しぶりじゃないか」

運転を引き受けてくれた、大型免許持ちのＯＢが感心したように言うので、耕太はさすがに面映《おもは》ゆかった。

助手席に副部長が乗り、耕太は三頭の馬とともに後ろの荷台に乗った。

高速道路を走って、一時間あまりで会場に到着した。

後部扉を外から開けてくれたのは、先発していた部長の国分《こくぶ》だった。

「異常ないか？」

「ええ。三頭とも落ち着いてます」

馬を下ろすために、先に跳び下りる。

その一画には、他大学やクラブの馬運車がたてこんでいた。生駒《いこま》ステーブルのロゴマークの入ったトレーラーもあった。

若宮《わかみや》はもう着いているのかと見回すところへ、当人がつかつかと近づいてきた。

国分に向かって、若宮はいきなり噛《か》み付いた。

「君らのところでは、出場選手を馬運車で運ぶのか」

いつものふざけ半分ではなく、切りかかるような調子だった。

国分も気色《けしき》ばんで肩を怒らせる。

耕太は急いで割って入った。

「いや、俺がそうしたいと言ったんです。マンサクが心配で」

若宮はぐっと奥歯を噛み締めるようにして、耕太にも尖《とが》った目を向けてきた。そして、ぷいっとその場を立ち去った。

馬たちを待機馬房《ばぼう》に移動してから、耕太は若宮を探した。彼に悪いことをしたと思ったのだ。あれから、乗馬クラブには何度か連れて行ってもらった。若宮は見返りだの附則《ふそく》だの言っているが、基本はボランティアだと思う。

自分の眼力に間違いがなかったと証明するためだとしても、結果として耕太のためになることをしてくれているではないか。

あの場を収めるためとはいえ、若宮の肩を持たなかったことで彼を傷つけてしまったのでは。早く詫《わ》びなくてはと気が急《せ》いた。

更衣室の前で、乗馬服に着替えを済ませた彼を発見した。駆け寄って、まず頭を下げる。

「さっきはすみませんでした」

弾《はず》む息を整え、

「若宮さん、俺のコンディションを心配してくれたんですよね」

焦《あせ》っていたので、含みもぼかしもない直球になってしまった。

若宮の顔に、拒絶とも困惑ともつかない表情が浮かんだ。

その顔を見たとたん、かあっと頬が熱くなる。

「あ。俺の勘違い……？」

またやってしまった、と思った。これまでも、空気の読めない発言を後ろ指さされたりしたけれど、これほど恥ずかしい思いは初めてだ。

よりによって若宮を相手に、自分に都合のいい解釈《かいしゃく》をして、それを押し付けてしまうとは。

「俺ってよく人の気持ちを読み違えるから……忘れてください！」

真っ赤になって、もう一度頭を下げる。

その頭上に降ってきたのは。

「――読み違えてない」

はっと顔を上げる。やはり頬を赤らめている若宮と目が合った。

その言葉については、どういうことかわかる。彼はやはり自分を気遣《きづか》ってくれたのだ。だがなぜ、若宮まで頬を紅《くれない》に染めているのか。

いぶかしく見つめ返すと、若宮はいっそうぎこちない態度になった。

「あ、そうだ、障害の下見に行かなきゃ」

若宮はくるりと背を向け、そそくさと駆け去った。

下見というのは、競技の開始前に障害の種類と跳ぶ順序を確認しておくことだ。間違えたら失権になる。

馬場馬術には、それはない。代わりに経路図をもらって、各自で確認するのだ。

試合開始前に、馬場を見ることは許されている。耕太は屋内馬場に行ってみた。

公開された馬場は、生駒ステーブルのそれとよく似ていた。違うのは、正面ゲートの反対側に、審査員と記録係の席が設《もう》けられていることくらいだ。

順番の早い選手は、もうスタンバイしている。耕太は二階席からしばらくその様子を眺《なが》めて出てきた。

屋外馬場では、白シャツとキュロットに長靴《ながぐつ》という格好で、二十人ほどの選手が集合していた。やがて係員がやってきて、順路の説明をし始めた。

――なんだ、若宮さん、別に慌てることなかったんじゃないか。

若宮の姿は、遠くからでもすぐわかった。特に体格がいいというわけではないが、すらりと伸びやかな体つきと、大きな歩幅で颯爽《さっそう》と歩く姿は、人目をひく。

いつもの斜にかまえたふうはなく、初めて馬場に出る少年のような真剣な表情だ。優《すぐ》れたスポーツ選手の誰もが持つ謙虚《けんきょ》さが、そこにはあった。

ぽんと肩を叩かれて振り向く。副部長の佐原《さはら》だった。

「風間《かざま》。あっちの予備馬場で足馴らししとけ」

今回出場しない佐原は、マネージメントに徹《てっ》している。

競技会では、だいたいのタイムテーブルはあるが、基本、選手自身がわかっていないといけない。拡声器で何度も呼び出したりはしないから、競技の流れを熟知《じゅくち》している者が補佐に回ってくれると助かるのだ。

耕太はマンサクを待機馬房から連れてきて、予備馬場をゆっくりと歩かせた。

高齢《こうれい》のマンサクをあまり疲れさせないように。息を合わせること、落ち着かせることを主眼としたトレーニングだ。

マンサクは大学の馬場にいるときと、少しも変わらない。緊張の色もなく、鼻面《はなづら》をかすめて飛ぶ気の早いシロチョウとたわむれたりしている。

競技会で遠征すると、いつもの実力が出せない馬もいる。老《お》いていることが、むしろ強みになるかもしれないと思った。

隣り合ったもう一つの予備馬場は、障害飛越の練習場所になっている。下見を終えた選手たちが、それぞれの乗馬に跨《また》がって入ってきた中に、若宮とトルネードの姿もあった。

軽々とバーを跳んだ若宮は、その勢いのままに耕太のそばまで来た。そして柵越《さくご》しに、「硬くなるなよ」と声をかけてきた。

「欲はないですから」と返すと、

「僕にしても、優勝は狙《ねら》ってないよ。まあ今日のところは小手調べだな」

例によって、小憎《こにく》らしいことを言う。

そこへ、係の学生が呼び出しに来てくれた。

「西海《さいかい》大学、風間さん。そろそろ屋内馬場に入っててください」

「じゃ。お先に」

会釈《えしゃく》に応《こた》えて、若宮も軽く顎《あご》をしゃくった。

「行ってこい。僕は自分の出番があるから観戦できないが」

「よかった。若宮さんに見られてたら緊張するから」

そうは言ったものの、すべてが本音ではなかった。若宮に見ていてほしいとも思う。

練習のときは、一方的に見られることに羞恥《しゅうち》を感じた。だが今は、彼の前で立派に演技をやりとげて、例の皮肉な調子で「ふん、やるじゃないか」と言われてみたい。

そういう思いは、普通の友人関係からは出て来ないような気がする。だが、とうていライバルとは言えない。かといって、師弟とも違う。若宮を、二人の関係を、いったい何と考えればいいのだろう。

柵を出るところで「耕太」と呼びかけられた。反射的に轡《くつわ》を廻《めぐ》らせる。

「できることをできるだけ、やればいい」

若宮はあっさりと言った。耕太は大きくうなずいた。

マンサクに跨がったまま建物の中へと進む。外に比べると、やや薄暗く感じた。

ゲート横で待機して、ひとつ前の選手の演技を見る。

女子選手だった。長い髪を首の後ろで丸め、その上にハットを載せている。正面に向かって右へと折れたとき、耳たぶにきらりとピアスが光った。うっすらと化粧もしているようだ。白い肌《はだ》、優雅なものごし。馬術部や農学部の女子たちとは、別種の生き物に見えた。

自分が彼女と同じ土俵《どひょう》で競《きそ》うのかと思うと、耕太は今さらながら場違いな気がしてきた。

そうだ、やはり若宮こそこういう場に向いているのに……。

——いけない。こんなこと考えてる場合じゃない。

耕太は、頭の中の経路図と彼女の動きを重ねてみた。

「X点で右にパッサージュ。M点まで行って、斜行《しゃこう》。手前を替えて、E点に移動……」

ぶつぶつ口の中でおさらいする。

この規模の大会は、約三分の規定演技のみだ。拍子抜けするほど早く、彼女の演技は終わった。颯爽と退場していく。

ついに耕太の出番が来た。

マンサクをゆっくりとゲートに進める。深呼吸して場内へ。軽速歩《けいはやあし》で入って、中央でいったん停止する。

正面の席にいかめしい顔つきの審査員たちを見たとき、頭が真っ白になった。せっかくトレースした経路図も何も吹っ飛んでしまう。

——どうすんの、俺。

マンサクは耳をぴくっとも動かさない。落ち着いている。きちんと方形立ちで指示を待っている。

『ホーケイダチ』

その言葉がカタカナで浮かんできた。あのときの部長のあんぐり開いた口、若宮の意地悪い囁《ささや》きがよみがえって、くすっと笑ってしまいそうになった。

その瞬間、肩から何かがすっと抜けていった。頭にのぼっていた血が、ゆるやかに全身をめぐる。

耕太は帽子《ぼうし》のつばを軽く持ち、脱帽して審査員に一礼した。着帽、常足《なみあし》でまっすぐ前へ。正副両審査員の注目を浴びながら、耕太は落ち着いて演技に入った。

——扶助《ふじょ》は最小に。馬の自由意思であるかのように見せる。

そんなことを意図するまでもなく、耕太が心の声で命じるとおりに、マンサクは動いてくれていると感じた。

手前を変えつつ斜《なな》めに移動。残念ながら、これはうまくいかなかった。マンサクは自分と同じで不器用だ。

耕太はそれを気に病まなかった。

——それでいい。おまえのできることをすればいいんだ。

マンサクに言っているのか自分に言っているのか、もうわからない。しかもそれが、いちいち、若宮の声で再現される。

ここにはいない若宮が、影のように付き添っていてくれる。そんな気がした。

いつのまにか、最後のコーナーを曲がっていた。目の前にゲートがあった。そこで直角に曲がり、もう一度中央へ。深く一礼して退場。

屋外へと轡を廻らせたとき、短い拍手が起こった。佐原が二階席にいるのが、そのとき初めて目に入った。

——終わった。

外へ馬を出す。春のやわらかな日差しが眩《まぶ》しい。

佐原が追いかけてきて、轡を捉《とら》えた。

「おい、悪くなかったぞ。姿勢も良かった。どこのお坊ちゃまかと思った」

今になって、どっと汗が流れてきた。手の甲で額を拭《ぬぐ》いながら、耕太は訊《き》いた。

「障害の方は、どんな具合ですか？」

「今のところ部長が五位。聞いて驚くな、二年の仙崎《せんざき》が三位につけてる」

むろん正式発表ではない。順位は閉会式で発表される。だが、裏方の記録係に西海大の学生がいるので、途中経過の情報を漏らしてもらえるのだ。

「まだ大物が二、三残ってるから、入賞するかどうかは微妙だけどな」

佐原の言う「大物」の一人は、若宮なのだろう。

馬を休ませるために、待機馬房へマンサクを引いていく。耕太はそこで、角砂糖《かくざとう》を舐《な》めさせて老友をいたわった。

「ありがとうな。記録はともかく、おまえのおかげで気持ちよくやれたよ」

白馬はもっとくれと言わんばかりに、体を擦《す》り寄《よ》せてきた。

蹄《ひづめ》の裏を掃除したり、汗ばんだ馬体を拭《ふ》いてやったりしていると、増川《ますかわ》が呼びに来た。

「おい、もうじき若様の番だぞ」

やはり元の担当馬の出来が気になるとみえて、増川はそれだけ言って駆け戻っていく。耕太もすぐ後を追った。

ちょうど、若宮のナンバーがコールされたところだった。

さっきはシャツ姿だったが、今はきりりとタイを締め、紺色のジャケットを着てヘルメットを被《かぶ》っている。その凛々《りり》しさに、耕太は覚えず胸をときめかせた。

乗馬がサラブレッドなので、なおさら堂々としてみえる。クオーターやアラブに比べると、馬体が大きく脚が長いのだ。「馬上ゆたか」という形容が、これほどしっくりくる人馬の組み合わせもないだろう。

競技が始まった。

耕太はただ見惚《みと》れていたが、国分と佐原は、さすがに経験者らしい見方をする。

「速いな」

「ちょっと焦ってるか？」

障害競技はタイムレースでもある。規定の時間内に、すべての障害物をクリアして満点。審査はそこからの減点方式だ。

「なにしろトルネードだからなあ。いけるときに時間を稼《かせ》いでおこうって作戦だろ」

一つの障害から次に向かうとき、若宮は馬場を斜めにカットした。どよめきが起こった。

「あれ、時間は稼げるが、しくじる確率は上がるのにな」

そんなことを聞くと、耕太はやきもきしてしまう。

部長と仙崎が入賞するためには、若宮がしくじってくれた方がいい。

だが耕太は、若宮が失敗するところなど、見たくはなかった。華麗《かれい》に舞い、成功を収める姿をこそ見たかった。

意地悪で皮肉屋で傲慢《ごうまん》だけれど、なぜか心を捉えて放さない人。その雄姿に、思いきり酔《よ》いたかった。

――これって「憧《あこが》れ」だよな。

自分にないものをすべて持っている若宮。思いのままに、いくらでも傲慢にふるまえる男。彼は、人が自分をどう見るかなど、歯牙《しが》にもかけないに違いない。その強さが羨《うらや》ましい。

再び、おおっと声が上がった。

トルネードは、三つ並んだ障害を、ひらりひらりと続けざまに跳び越えたのだ。蹄がかすりもしなかった。

しかし、最後まで順調とはいかなかった。

馬にも乗り手にも、それぞれ苦手な障害というものはある。特にパラレルは飛距離が長くなるので、後肢《こうし》が引っ掛かりそうに感じるのか、いやがる馬が多い。

トルネードもやはり、回避しようとした。直前で勢いを殺し、横にそれたのだ。

若宮は手綱《たづな》をさばき、もう一度パラレルの正面に回り込んだ。落ち着き払って短く気合いをかけ、拍車《はくしゃ》を当てる。だが、トルネードは再び尻込みした。「しっ！」と聞こえる歯擦音《しさつおん》が、若宮のきつく引き結んだ唇から漏れた。叱咤《しった》しながら、鋭く鞭《むち》を当てる。

首を振り、抵抗するトルネードの尻を、若宮は容赦《ようしゃ》なく鞭打った。二度、三度。乾いた音が空気を切り裂く。

耕太は思わず首をすくめた。

若宮の頬は紅潮《こうちょう》し、眦《まなじり》が切れ上がって見えた。険《けわ》しい。怖い。だが美しい。凄《すご》みを感じるほど綺麗《きれい》な男だったのだと、耕太は今さらながら息を呑《の》んだ。

「行け！」

喉を裂くような叫びに応《こた》えて、馬はどどっと駆け出した。今度は障害を避けない。大きな馬体がふわりと宙を舞う。若宮も見事な前傾姿勢で、体勢を崩《くず》すことなく着地した。

鮮《あざ》やかな手綱さばきですぐ方向転換し、そのまま、ゴールに飛び込んだ。

「よしっ、間に合った！」

国分は、拳《こぶし》を胸もとで固めて声を上げた。若宮が上位に躍《おど》り出《で》れば、自分の順位が下がるというのに。

周囲のあきれ顔に気づいてか、間の悪い顔になる。

「たはは……」

国分は、情けない笑い声を上げて頭を掻《か》いた。

「ま、なんだな。いちおう同じ大学のよしみで、だな」

耕太は小さく呟いた。

「……何も、あそこまでひどくしなくても」

さっきの鞭音が耳について離れなかった。若宮のもう一つの顔。それはあまりに峻烈《しゅんれつ》で、反感の一歩手前で、激しく耕太を揺さぶった。

単純な憧れに水を浴びせられたことで、その下で燃えくすぶるものの存在に、気づかされてしまったのかもしれない。

下馬した若宮は、すぐトルネードを洗蹄場《せんていば》へと連れていったようだ。

いったん記録係のところへ行った国分は、戻ってきて興奮した様子で告げた。

「若様は二位だそうだ。後は無名の選手が三人残ってるだけだから、ほぼ確定だろう。トルネードがパラレルを一発クリアできるようになれば、全国大会にでも行けるぞ、あれは」

そしてこうも言った。

「あいつ、ほんとにいい馬だったんだな……」

寂しさと嬉しさのないまざった複雑な表情の増川と国分をそこに残して、何かにつき動かされるように、耕太は若宮の後を追った。

一人と一頭は、洗い場にいた。

若宮は、トルネードの足もとにかがみ込んでいる。二着もとらないうちで、バケツに汲《く》んだ水を古タオルに含ませ、膝下を冷やしてやっていた。

トルネードは首を伸ばし、若宮の髪を唇に挟《はさ》んでくいくいと引いた。それは、信じられる主人に甘える仕草だ。

——おまえもか、トルネード。どんなにひどくされても、そいつが好きなんだな。

そう考えたとき、胸のどこかがぎゅっと絞《しぼ》り上《あ》げられるように痛んだ。

耕太の気配に気づいたのか、若宮はかがんだまま、斜めに顔を振り向けた。

「あ、あの、おめでとうございます」

若宮はけげんそうに眉《まゆ》を吊《つ》り上《あ》げた。そしてすぐ「ああ」という表情を浮かべた。

「そうか。そっちの連中が集計をしてるんだったっけ」

膝を伸ばして、耕太に向き合う。

「おめでとうなんて、言っていいの。僕、馬術部の誰かを押し出しちゃったよね」

髪を掻き上げて、意地悪く微笑《ほほえ》む。

「それはいいですけど」

「へえ、いいんだ？」

いちいち腹の立つ男だ。

「優勝は狙ってないと言ったくせに、どうしてあんなにムキになるんですか。馬はそれほど堪《こた》えてないかもしれないけど、見てて辛《つら》いですよ」

若宮はあっけらかんと言い放った。

「はは。僕ってSなの」

佐原から「Mか」と言われたことと、対《つい》になっているような気がして、耕太は焦った。

激しく鞭打たれる黒馬を見ているとき、自分は戦慄《せんりつ》した。そこにあったのは、本当に馬への憐憫《れんびん》だけだっただろうか。ぞくりと背中を駆け上がったものは……。

「マジメに答えてください」

つい、切り口上になってしまう。

若宮はふーっと息を吐《は》き、馬上にあるときの厳《きび》しい目になった。

「『跳ばない』という選択肢《し》を、馬に与えてはいけないんだ」

「減点になるから？」

「馬のためにならないからだ。障害を跳ばずに済ますこともできるなんて、思わせてはいけない。最悪、障害競技には出られない馬になってしまう。馬は本当は跳びたくないんだ。誰が好んで危ない目に遭《あ》いたいもんか」

力で従わせる。無理に跳ばせる。馬に無理をさせる。馬術とはそういうものなのか。

「俺には……よくわかりません」

馬に対するスタンスの違い、というだけでなく、若宮という人間を摑《つか》みきれない。それ以上に摑みきれていないのは、自分の気持ちではないのか？

耕太は危険な地雷原を迂回《うかい》した。

「わからないのはそれだけじゃないです。俺、若宮さんは本当はマンサクが好きだから、それでトルネードに辛く当たるんじゃないかと思ってしまったりするんです。だったら始めからマンサクを買ってくれればよかったのに、って」

本当に知りたいことを封印すると、なんだか子供じみた繰り言になってしまった。

若宮は微笑んだ。

「好きだよ」

まっすぐ届いた声に、耕太は一瞬混乱した。自分に言われたのかと思ってしまいそうだった。

「マンサクは気性のいい馬だ。だが、僕のパートナーには向かない。あれは、君と組んでた方が幸せだろう。僕の相棒《あいぼう》はトルネードだ。相棒に選んだ以上、僕には、こいつを立派な乗馬に仕立てる責任がある」

たしかに若宮は、馬に対して情が深いのだ、と思った。生駒ステーブルのスタッフの言ったとおりだ。

その情が人間に向かうとき、この人は、誰をどんなふうに愛するのだろう……。

さっきの「好きだよ」が、変に胸につかえて苦しい。

自分でも何を言いたいのか摑めないまま、耕太はただ呼びかけた。若宮の視線を捉える。明るい茶色の瞳が探るように細められた。

「若宮さん」

「洸彰《ひろあき》くん」

高く澄んだ声に若宮が反応して初めて、それが若宮の名前だったと気づいた。

振り向くと、若い女が微笑んで立っていた。

ハットもジャケットも脱ぎ、白いシャツとキュロット姿になっているが、首の後ろに巻き上げた髪型とダイヤのピアスに見覚えがあった。汗ばんで上気した顔の美しい造作にも。

耕太の前に演技をした選手だ。同じ県の学生だということは、出場名簿で知っていた。泉水《せんすい》女子大の……そうだ、藤尾《ふじお》という名前だった。

彼女は若宮に馴れ馴れしく話しかけた。

「新しい馬、なかなかいいじゃない」

この人は、若宮の知り合いだったのか。

上品で優雅で、「別種の生き物」と感じたのも納得だ。若宮の世界に属する人間なのだ。

耕太は、その場を離れるタイミングが摑《つか》めないまま、立ちすくんでいた。

女子大生は、耕太にも好意的な目を向けてきた。

「こちらも生駒ステーブルの方？」

「いや。風間くんは、うちの大学の馬術部員だよ」

若宮の言葉に、彼女は美しい目を瞠《みは》った。

「あら、そうなの？　癖《くせ》のない騎乗姿勢だから、てっきり」

そこへ佐原が息を切らせてきた。気の毒に、今日は右往左往《うおうさおう》だ。

「風間。結果発表があるのに、何してんだ」

そこで藤尾に目礼されて、佐原はどぎまぎとお辞儀を返した。

若宮は事務的に紹介した。

「こちら、泉水女子大の部長で藤尾清花《せいか》さん。ジュニアのときからの知り合いで」

「あ、西海大の佐原です」

佐原はまたお辞儀した。

若宮は馬をそこに繋いで、藤尾を促《うなが》した。

「じゃ、僕たちも行こうか」

彼女は当然のように、若宮と肩を並べる。耕太と佐原は二人の前を歩いた。

耕太は後ろが気になってしょうがなかった。

二人は、馬のことや学校のこと、耕太の知らない共通の友人のことを話している。

甲高《かんだか》くも低くもない女らしい声と、張りのある若宮の声。それぞれに心地よい声なのに、それが絡むと、なぜか耳の奥がざらついた。

表彰式の後で、若宮を核《かく》として、西海大と女子大のメンバーが寄り合った。

「泉水女子大の皆さんは、明日も競技に？」

「ええ。私たち、総合馬術にも出るので」

西海大は総合にはエントリーしていない。今日一日で撤収《てっしゅう》だ。

「洸彰くんは？」

清花は甘えるように斜めに見上げて問いかけた。若宮は淡々と答えた。

「トルネードの調教が万全じゃない。今回は障害だけだよ」

彼女は残念そうにため息をついた。

「じゃあしかたないけど……また近いうちに会えない？」

それを聞いた男子部員たちは、色めき立って国分の背中を小突いた。

「部長。合コンのお誘いかけてみたら」

「言えるか、そんなこと」

抗《あらが》うのを、無理やり清花の前に押し出してしまった。

国分は、せいいっぱい格好をつけて言い出した。

「えー、泉水女子大のみなさん、同県のよしみで、打ち上げを一緒にやりませんか」

「それを合コンと言うんだろー」

誰かが突っ込むと、学生たちはわっと沸《わ》いた。

清花は鷹揚《おうよう》に微笑んだ。

「それもいいわね。洸彰くんも来るでしょ？」

「いや、僕は部外者なもので」

慌てたのは国分だ。

「いやいやいや。そんな意地悪を言うなよ。君もぜひ」

どうやら話はまとまり、後で日取りを打ち合わせることにして、その場は解散となった。

撤収作業をしながら、男たちはうきうきと語り合った。

「あそこの女の子たちとは、あちこちの大会で何度も会ってるが、合コンは初めてだぜ」

「いまいましいが、若様さまさまだよな」

「様の三乗かよ」

みな、どっと笑った。

独《ひと》り耕太は、気持ちが沈《しず》んでいくのを感じていた。まずまずのデビューを果たしたというのに、心が弾まない。

清花が現れる直前までは、これまでになく若宮に近付けたと思っていた。対等に、本音で馬の話ができた。それだけではない。交わされた言葉以上の何かが、二人の間に流れたと思った。

しかし、彼を「洸彰」と呼ぶ人の前で、自分は「耕太」と呼ばれなかった。何だか胸のうちがすうすうする。

そして気がついた。

若宮は、一度も清花に意地の悪いことを言わなかった。皮肉な笑みも高慢な態度も、影をひそめていた。彼女の前では、とても自然にふるまっていたのだ。

「あの人は誰に対してもツンケンしてる」。

そうではない相手もいるということに、なぜかショックを受けてしまう。

耕太は、がらがらと足場が崩れていくような不安に捕らえられていた。

合コンは、大会の一週間後にセッティングされた。

相手大学の最寄り駅近くで、彼女らのいきつけの店に予約がとれたと、女子大側のマネージャーから連絡があった。

副部長からその件でメールがきたとき、耕太《こうた》は欠席の返事を送った。

折り返し来たメールには、「若様も来るんだぞ？」とあった。あいかわらず「仲良し」認定されているようだ。

若宮《わかみや》が来るからこそ行きたくない、などとはとても理解してもらえないだろう。

清花《せいか》と若宮が揃《そろ》っている場に同席したくない。どうしてそんな気持ちになるのか、自分だってよくわからないのだ。

藤尾《ふじお》清花は、綺麗《きれい》で上品で優しげな女性だ。嫌う理由なんてどこにもない。現に、西海《さいかい》大馬術部の男どもは、彼女を憧《あこが》れの女神さまのようにたてまつっている。

だが自分は、清花が好きになれない。なぜだろう。

佐原《さはら》から耳打ちされたのか、国分《こくぶ》は朝の活動の後で、耕太を残らせて諭《さと》した。

「今度の大会は、おまえの半周遅れのデビュー戦でもあったんだ。あのマンサクで、それなりに結果を出した。功労賞もんだ。打ち上げをパスなんかするな」

あの後、耕太は自分が六位になったことを知った。夢のようだった。

馬場《ばば》馬術への参加人数自体が少なかったとはいうものの、ビギナー大会を飛ばしての初挑戦、それも大学に入ってから初めて馬を触った素人《しろうと》である。最下位ではなかったのが不思議なくらいだ。

清花は、堂々の一位だった。

「一位の選手の次に出場した新人が六位というのは、じっさい大したものなんだからな」

そうなんですか、と生返事を返す。

しかし、それ以上断るのも片意地な気がして、耕太は出席を約束した。

メールで知らされた場所は、JRでふた駅先の、家庭的なカフェレストランだった。女子会によく使われる店で、夜は居酒屋に様変わりするらしい。

ほぼ時間どおりに、双方《そうほう》のメンバーが揃った。

「ハンドルキーパーは絶対飲むなよ」

国分が釘《くぎ》を刺すのへ、何人かがうなずいた。いまどき飲酒運転などしたら、馬術部はお取りつぶしだ。

ウーロン茶やノンアルコールのビール混じりの乾杯となった。

耕太は隣に座った先輩に勧められるまま、生のジョッキに手を伸ばした。

「ほんとは未成年もNGだけどな。ま、飲みすぎなきゃいいだろ。おまえは車じゃないよな?」

はい、と請け合《うあ》って口をつける。それほど美味《うま》いとも思えないが、喉越しは爽快《そうかい》だった。

向かって奥に泉水《せんすい》の女子学生、手前に西海大のメンバーが並ぶ。若宮と清花は中央寄りに向かい合って座っていた。旧知の間柄《あいだがら》だからと、幹事がそういう配置にしたらしい。

二人のいるところだけ、スポットライトが当たってでもいるように華《はな》やかだ。

男子はシャイで、清花はじめ泉水の女子大生になかなか声がかけられないでいるのに、女子は若宮に対して積極的だった。

せっかくの合コンだが、向こうの女子ばかりかこっちの女子まで若宮に取られそうな勢いだ。

男どもはぶつぶつと陰口を叩いた。

「女は『メンのいい悪い男』が好きだからなあ」

「『悪い男』と『嫌なヤツ』は違うだろ」

「顔だよくて金があれば、性格はどーでもいいんだって」

やっかみ半分の愚痴《ぐち》が、耕太の耳にも聞こえてくる。そんなやっかみ心が自分にはないのが不思議だった。

若宮を取り巻いている女の子たちに振り向いてほしいとは思わない。むしろ、当の若宮に振り向いてほしい。「耕太」と呼んで、意地悪の一つも言ってほしい。

——よくよくおかしいぞ、俺は。

座が乱れてくると、若宮は耕太のすぐ横に移動してきた。

「惜しかったな、耕太」

「は、はい、何が？」

我ながら、上ずった声だった。

若宮は、あきれたように眉《まゆ》を吊《つ》り上《あ》げた。

「君のドレッサージュだよ。僅差《きんさ》で六位だったろう。僕が見てれば、次の試合へのアドバイスができたんだが……」

周りの喧騒《けんそう》を気にしてか、顔を寄せて囁《ささや》きかけてくる。耳にかかる息がくすぐったい。

やがて、若宮の後を追うように、女の子たちも座を移してきた。自然、若宮と耕太の席が宴《うたげ》の中心になってしまった。

若宮のオマケだろうが、耕太にも女子大生たちの声がかかる。

「ねえねえ、この人、よく見たら可愛《かわい》くない？」

——よく見たら、って、よく考えたら失礼だよな。

「ほんと。目が綺麗……ていうか、睫毛《まつげ》長ーい」

きゃあきゃあともてはやされて、耕太は固まってしまった。女の子からちやほやされると、いつかの悪夢がよみがえるのだ。

するといきなり、若宮が前髪をぐいっと摑《つか》んだ。

「何するんですかー」

酔《よ》ってでもいるのか、若宮は無言でわしゃわしゃと耕太の髪を掻《か》き乱《みだ》す。せっかく彼の忠告に従って整えているのに、台無しだ。

耕太は増川《ますかわ》の横へと逃げた。増川は、同じ馬を世話した縁で、先輩たちの中では一番気安い相手なのだった。

女の子たちは、再び若宮にかまいだした。

「若宮さんは、どうして東京とかの大学に行かなかったんですか」

若宮は「別に?」と短く返した。

「ひょっとして」

何人かの女子が互いに顔を見合わせ、いたずらっぽく突っ込んだ。

「藤尾部長が地元にいたから?」

きゃあっと高い声が上がる。

彼女たちもだいぶ酔いが回っているようだ。テンションが高い。

「そうなんでしょ、ねっ、先輩!」

清花はさらりと受け流した。

「だったら嬉しいけど。別におつきあいしてるわけじゃないし」

「えー、だってお似合いですよー。お医者さまと製薬会社のお嬢《じょう》さんなんて、最強の組み合わせじゃないですか」

その言葉が、銃弾《じゅうだん》のように耕太の耳を貫《つらぬ》いた。

――ほんと、『お似合い』だよな。

容姿も家柄《いえがら》も何もかも、サラブレッドのような二人だ。ひきかえ自分は。

――駿馬《しゅんめ》と駄馬《だば》……どころか鈍牛《どんぎゅう》だよな。釣り合わないなんてもんじゃない。

そう自嘲《じちょう》して、なぜ「釣り合い」などということを考えたのだろうといぶかった。

自分は、若宮と対《つい》になりたいなんて思ってはいない、はずだった。

そんな意味で彼を好きなのではないし。

――そんな意味って何だ。

自分で突っ込んでおいて、急にどきどきしてきた。

耕太は、女子学生たちの集団を盗み見た。

もし自分が彼女たちの立場だったら、若宮の行動をどう捉《とら》えるだろうか、とふと思った。

わざわざ講義ノートを持ってきてまで貸してくれる。興味がありそうな雑誌もだ。車で何度も乗馬クラブに連れて行く。そして夕飯を奢《おご》る。それも二人っきりで。

これが海辺へのドライブだったり、映画だったりしたら、まるっきりデートだ。

お互い男だから、疑いもしなかった。自分が女の子だったら、これまでの二人の軌跡《きせき》は、傍《はた》から見ても「つきあってる」ということになりはしないか。

まさか、と耕太は首を振った。少し酔いが回ってきたのか、頭がくらっとなる。

――どっちが「まさか」だ？

自分がそういった意味で若宮を意識していることか。それとも、若宮が自分を、もしかして。

『好きな子はいじりたくなる』。

そう言った佐原は、耕太の斜《なな》め前にいた。意外に強い酒で、ぐいぐい飲んで顔色も変えていない。

彼に向かっては、避雷針《ひらいしん》だの何だのと愚痴ったが、自分は若宮にいじられるのが嫌ではない。それどころか、いじられるのを待っているような……。

横から誰かがビールを注ぐ。耕太は注がれるままに、グラスを干した。ふと目を上げると、テーブルの向こうから、若宮が眉をひそめるようにしてこちらを見ていた。

――ガキを見るような目をして。飲んじゃ悪いってのか。

耕太はムキになって、チューハイやロックにも手を出した。

二時間ほどで、予定のメニューは出尽くした。

「このへんでお開きにしますか」

「二次会、行こう、二次会」

みな、わいわいと席を立つ。

自分も立ち上がろうとして、耕太はふらりとよろめいた。どうも酔ったらしかった。気分は悪くないが、ふわふわと雲を踏むようで、足元が頼りない。

肩を摑まえてくれた増川が、周囲に助けを求めている。

「参ったな。こいつ、ＪＲで来たんだろ」

「誰か、こっからクルマで帰るヤツはいないか？」

耕太は陽気な声を張り上げた。

「らいじょーぶっす、一人で帰れまーす」

大丈夫なところを見せようと、耕太は一歩踏み出した。とたんに、もっと大きく体が揺れた。

腰とわきの下をがしっと支えられる。誰かと酔眼《すいがん》を開いてみると、若宮がのぞき込んでいた。

「僕が送るよ。車で来てるから。彼の家も知ってるし」

国分は責任上からか、念を押した。

「君、酒は入ってないよな？」

「もちろん、ノンアルコールしか飲んでない」

若宮は強くうなずいた。

「じゃあ、そうしてくれるか」

「えー、俺、やだ。自分で帰る」

耕太は、ダダをこねる子供のように身をよじった。

今日は若宮と一緒にいたくない。このところ自分は変だったが、今日はいちだんと変だ。

「未成年を、酔わせて放り出すわけにいくか」

国分の声は、いくらか怒気を含んでいた。

耕太はそれ以上逆らえず、若宮に導かれるままに店を出た。

駐車場には、見覚えのある濃紺の軽自動車があった。そのまま助手席に押し込まれる。

「ほら、ベルト締めて」

若宮は運転席から手を伸ばしてきて、カチッと音がするまでバックルを押し込んだ。

車は滑《なめ》らかに動き出した。規則的な振動が眠気を誘った。

どのくらい、うつらうつらしていただろう。肩を揺すられて、耕太は目を開けた。

「少しは酔いが醒《さ》めた？　もうすぐだよ」

頭を起こすと、外を流れる街灯の光で、目が回るような気がした。

車は静かにアパートの駐車場に滑《すべ》り込《こ》んだ。

「六番が君の部屋の割り当て区画だったよな？　車、置いておけるな？」

「？　なんで……」

若宮は運転席のベルトをはずした。

「部屋まで送ろう」

「そんな、いいっすよ……」

「ここまで来て、階段を転げ落ちでもしたら、送った意味がないじゃないか」

若宮は先に降りて、助手席に回った。

腰をかがめ、わきを抱《かか》えて耕太を下ろす。そのまま腕を回して、ぴったりと寄り添う。服ごしに若宮の体温を感じて、また心臓の鼓動《こどう》が速くなった。

「部屋は二階だったか?」

「ん……右端」

若宮は踊り場で一度体勢を整えて、耕太を引きずるように上り切った。

耕太はドアの前で、もたもたとポケットを探った。カギは見つかったが、うまくカギ穴にはまらない。若宮が手を添えて開けてくれた。

ここまでしてもらって、「もう帰っていい」と言うわけにもいかなかった。

頭の方は少しはっきりしてきて、掃除しておいたかどうかが気になった。若宮の部屋とは比べものにならないだろうが、清潔にさえしてあれば恥じることはない、と思った。

そして、そんなことを考えることじたい、彼に引け目を感じているのだとも思った。

これまで耕太は、友人たちとの暮らしぶりの違いなど、気にしたこともなかった。

だが若宮には、みじめなところを見せたくない。初対面のときの泣き顔だけでたくさんだ。見栄を張ってもしかたがないとわかってはいるけれど。それ以前に、張る見栄なんかありはしないけれど。

この人の前で、いつから自分は自然体でいられなくなったのだろう。

毒をもって毒を制するように、この人によって中和され、癒《い》えたはずの傷が、再び口を開いたのはなぜなのか。

耕太は、今さらな決まり文句を口にした。

「えっと、狭《せま》くて汚《きたな》いとこだけど……」

「独《ひと》りの部屋ならこんなもんだろう。実家の僕の部屋よりよっぽど片付いてるよ」

先に耕太を押し入れると、若宮は自分のと耕太のと、二足の靴《くつ》の向きを揃《そろ》えて上がった。

片付いていると若宮は言ったが、こたつの天板の上に、出がけに食べたミカンの皮がそのままになっていた。柑橘臭《かんきつしゅう》で、急に胸がむかむかしてきた。

「う、ぷ」

手で口を覆《おお》う。

「あ、待て」

若宮は、さっと耕太の上体を抱えた。

「トイレこっちか」

片腕に耕太の体を支えて、ドアを開ける。

耕太は慌てて、若宮を後ろに押しやった。

「ごめん、出て……っ」

若宮の前でもどすなんて、みっともないどころの騒ぎではない。

若宮は抗《あらが》わなかった。耕太がティッシュホルダーにつかまって体を支えたのを見ると、すっと足を退いた。

「中途半端に切り上げるなよ。吐《は》くだけ吐いたら楽になるからな」

言い置いてドアを閉めた。

本当に吐けるだけ吐いてよろよろ出てくると、若宮がマグカップを差し出してきた。

「これでうがいを」

八分ほど注がれた水は、うっすら青みを帯びている。

問いかけるように目を上げるのへ、「口中清涼剤を落としてある」ときた。

「そんなん持ち歩いてんだ……」

「エチケットだよ」

その水で何度も口をすすぐと、たしかに爽《さわ》やかな気分になった。

そうしている間に若宮は冷蔵庫を開けて、スポーツ飲料のボトルを取り出していた。

「ほら飲め。酔って吐いた後は、脱水が怖い」

さすがに医者の卵だけあって、言うことがそれらしい。

空《から》っぽになったボトルを耕太の手から取り上げると、今度はベッドだ。掛け布団をめくって、耕太を横にならせてくれた。

「おい。襟《えり》もと、緩《ゆる》めるぞ」

三つ並んだポロシャツのボタンを全開にされる。

「まだ気分悪い？　寒くないか？」

若宮の前で襟をくつろげて横になっているのが、どうにもきまりが悪い。耕太はそっと顔をそむけた。

若宮はベッドのわきに腰を落とし、耕太の顔の横に肘《ひじ》をついてのぞき込んでくる。

「なんであんなにピッチを上げたんだ。ん？」

宴席でこっちをちらちらうかがっていたのは、飲みっぷりのよさを案じていたらしい。そんなこともわからず、むきになってガブガブ飲んで、彼に世話をかけて。つくづく情けない。

「ほら。言ってみろって」

なんだか、口ぶりが普段よりぞんざいだ。ノンアルコールでも、ほろ酔い気分になったりするのだろうか。

耕太の口も、錠《じょう》が緩んでしまったらしい。訊《き》くつもりのなかったことを、ぽろりとこぼす。

「若宮さんは、泉水の部長さんと、つきあったりしてるんですか」

「君に何か関係ある？」

冷ややかに切り返されて、いったんは「いえ」と退却《たいきゃく》したものの、

「やっぱ関係あるかも……」

爆弾の導火線になりかねないことを、耕太は言ってしまった。

やはり酔いが回っている。歯止めが効かなくなっている。

「俺、どうかしてる」

耕太は目を拳《こぶし》で覆った。

「若宮さんとあの人がお似合いすぎて……俺なんか、割り込めやしないのに」

「ふうん。割り込みたいのか」

若宮は皮肉な笑い方をした。いや、むしろ、何かに腹を立てているような。

「高嶺《たかね》の花ってとこ?」

意地悪く茶化すのへ、耕太は真顔で返した。

「たしかに釣り合わないけど……男に『花』はおかしいんじゃ」

そのとき、初めて若宮に会ったときのことが頭に浮かんできた。面映《おもは》ゆそうな微笑《ほほえ》みとともにかけられた、あの言葉。

「あんた、俺を花にたとえたっけ……。そんなら、あんたが俺の高嶺の花でもおかしくないか」

暗闇《くらやみ》で手探りしているような沈黙の後、若宮は「そっちか?」と妙にはしゃいだ声を上げた。

「そうか、そっちだったのか。なあんだ」

くっくっと喉の奥で笑っている。

耕太はマットに肘を立てて、半《なか》ば身を起こした。

「笑わないでください。おかしいのは自分でわかってるんだから!」

ついに泣きが入った。

とうとう言ってしまった。もう後に引けない。酒の上の冗談にするような器用なこともできない。もし若宮が自分を何とも思っていないなら、自分はとんだ道化《どうけ》だ。

「若宮さんはずるい。俺をいじってばっかで、自分はいつだって涼しい顔して、そんなのずるいよ」

自分でも、目が据《す》わっているだろうな、と思う。清花によって掻き立てられた恨《うら》みがましい気持ちが、それ以前のわりきれない思いと絡み合って、収拾がつかなくなっていた。

「あんた、いつだったか、キスでもできそうって言ったよね。言ったでしょ」

クダを巻く酔っ払いの口調で、耕太は詰め寄った。

「あんときの『できそう』って、俺がスキだらけだから、やろうと思えば、何でもできるってことっしょ。じゃあ、あんたはどうなんだ」

言葉がどんどん粗野《そや》になっていく。自覚はあっても、抑《おさ》えられない。

「俺がいいって言ったら、あんたは俺に、キスできるっての?」

自分の発した言葉が、自分の耳に戻ったとき、耕太はようやく頭が冷えた。

「あ、あの、俺、」

若宮はもう笑ってはいなかった。怖いほど真剣な表情で見下ろしている。

「できるよ?」

そして、肘を支えに上体を起こしていた耕太を、やんわりとベッドに押し戻した。上から顔がゆっくり近づく。息がかかる。瞬《まばた》かない目が自分を見つめている。その圧迫感に耐えかねて、耕太は体をずらそうとした。

「耕太」

厳《きび》しく呼ばれた。びくっと身がすくむ。

「逃げるな、耕太」

今度の呼びかけは、命令というより懇願《こんがん》だった。その言葉に縫《ぬ》いとめられたように、身動きできなくなる。

耕太は目を閉じた。降りてくる若宮の顔を見ているのが、途方もなく恥ずかしい。

やがて、あえぐように半ば開いた唇が若宮を受け止めた。

鞭《むち》の尻でいたずらされたときとは、まったく違う感触だった。あんなものに騙《だま》されたのがバカみたいだ。

若宮の唇は温《あたた》かく、柔《やわ》らかく、しっとりしていた。

——男の唇って、もっとごわごわしてるかと……。

離れるとき、ぴちゃ、と小さな水音がした。すぐまた角度を変えて、吸い付かれる。

「ん……うう」

ねだるような声が、耕太の口の端から漏れた。尖《とが》らされた舌の先が、そこから中へ入り込んで、口中を探る。柔らかな弾力《だんりょく》のあるものに蹂躙《じゅうりん》されて、口蓋《こうがい》がじんじんと疼《うず》く。

耕太は自分もおずおず舌を差し入れた。若宮の口の中も、熱く震えていた。

酒に酔っているのか、キスに酔ったのか。どちらも初体験だから、判断がつかない。

酒のせいで理性が甘くなっているとは思う。そうでなければ、こんなことにはなっていない。

自分でもはっきりとは摑めていなかった感情に名をつけて、何を考えているかわからない相手に差し出したりはしない。

いつのまにか、すべらかな指が、額に薄く下ろした前髪をまさぐっていた。宴席《えんせき》で掻き乱した償《つぐな》いであるかのように、二本の指の間に挟《はさ》み、ゆっくりと撫《な》で下《お》ろす。

触れられているのは神経の通っていない毛先なのに、頭皮まで痺《しび》れるようだった。

耕太は鼻息を漏らし、身じろぎした。

いったん離れた唇は、耕太の襟の開いた喉もとに落ちた。ポロシャツの裾《すそ》がめくられ、素肌《すはだ》の腹を乾いた手のひらが滑っていく。

気持ちがいい。ただただ、いい気持ちだった。

こんなに優しく触れる人だったのか。これが本当の若宮なのだろうか。

そのとき、乳首《ちくび》が鋭く弾《はじ》かれた。びくっと背中が反《そ》る。

「あ、ああっ」

こぼれた声が自分自身を煽《あお》った。中心がずくんと芯《しん》を持つ。

「はっ……」

吐息《といき》とともに、耕太は腰をもぞもぞ動かした。

若宮は、ジーンズの前を片手で器用に開けた。熱をもったそれを引き出し、手探りする。

「なんだ。包茎《ほうけい》じゃないんだ」

がっかりしたように呟く。

「残念。剝《む》いてやろうと思ってたのに」

そう言いながら、敏感な先端を強く擦《こす》る。

しかし、それ以上の変化は起こらないようだった。若宮はちょっと眉を寄せて、いっそう熱心に指を動かした。

快楽の中心軸《じく》を触れられているのに、ベール一枚被せたようにもどかしい。酔いのせいだろうか。心は求めているのに、カラダが反応しないとは。それとも、何かがブレーキをかけているのか。

「まだ……まだ、ちゃんと、聞いてない」

自分の心の引っかかりをはずそうと、耕太は若宮を押しとどめた。

「俺は言ったよ？　あんたは？　言ってくれなきゃ嫌だ……っ」

それだけで、若宮には耕太の求めるものがわかったらしい。彼は何のてらいもなく、ストレートに言い切った。

「君が好きだよ。キスは、できるできないじゃなくて、僕がしたかったんだ。ずっと、こうして君に触れたかった」

その言葉を聞いたとき、張り詰めた糸がぷつっと切れるように眠気が襲《おそ》ってきた。

アルコールで増幅《ぞうふく》された睡魔《すいま》は強力だ。リラックスできる自分のベッドに横たわっていたのも、まずかったかもしれない。意識はやすやすと眠りの中に沈《しず》みこんでいく。

「耕太?　おーい、耕太……」

若宮の呼ぶ声が、しだいに遠くなっていった。


若宮が結局いつ帰ったのか、耕太には覚えがない。次の朝目が醒めたとき、耕太はベッドに一人だった。

うがいに使ったマグカップも、飲み干したスポーツ飲料のボトルも、洗ってカゴに伏せてあった。何事もなかったかのような部屋のたたずまいだった。

だが重ねた唇は、しっかりと記憶にある。肌に直接触れた若宮の手の感触も。どういういきさつでそうなったのかは、今ひとつぼやけているが。

自分からキスをねだったのは間違いない。それどころか、若宮に告白を迫ったのではなかったか。

かあっと頭に血が上った。

憧れの王子様に、なんて厚かましいことを。それも、けっこう底意地の悪い王子様に。冷や汗ものだ。

あまりにもきまりが悪くて、耕太は若宮に連絡をとらなかった。

午後になって、耕太は二日酔いで痛む頭を抱え、それでも厩舎《きゅうしゃ》に行った。

今日からは春休みシフトに入っている。もともと手が足りていないところへ、ほかの部員も昨日の今日でヘロヘロになっている可能性が高い。自分は一次会で帰ったけれど、あのあと二次会だの三次会だのに行った連中は、とても使い物にはならないだろう。

行ってみると、水とエサだけは補給してあった。女子部員たちでやってくれたようだ。

――せっかくだから、ボロ取りでもやっとくか。

上着を脱《ぬ》いで袖《そで》をまくったとき、その上着のポケットから着信音がした。

画面に現れていたのは若宮の名前だった。急いでメールを開く。

『起きてるか？　今どこ？』

学校の厩舎に来ていることを送信すると、すぐまた着信があった。

『人手が少ないだろう。すぐ行く』

これまでもそうやって来てくれることが何度もあった。なのに、今日はなんとなく身構えてしまう。あんなことがあった後で、どんな顔をして若宮に会えばいいのか……。

馬房《ばぼう》のひとつも片付けないうちに、もう車の音がした。若宮は、学校か耕太のアパート近くまで、すでに来ていたのだろう。

耕太は厩舎を出て若宮を迎えた。

「おはよう。って、もうそんな時間じゃないな」

困った。相手の顔が直視できない。若宮の目にも指にも唇にも、今までなかった意味が生じてしまっている。

そして、若宮の爽《さわ》やかな声、翳《かげ》りのない微笑みは、かえって耕太を怯《おび》えさせた。

酔ってゲロって、自分からキスを求めて、そしてうっかり寝てしまったのだ。応《こた》えてくれた相手を放置して。

ずっともやもやしていたことにたしかな答えを得て、安心したのかもしれないが、そんなことは言い訳にもならない。

何という醜態《しゅうたい》だろう。

思えば自分は、最初からこの人にはみっともないところばかり見られている。そろそろ愛想《あいそ》をつかされてもおかしくない。

若宮は耕太のぎくしゃくした態度に、けげんそうな目を向けてきた。それから、ふと眉をひそめた。何か言いたそうに唇を湿し、なぜか何も言わずにきゅっと嚙《か》み締《し》める。

耕太は縮み上がった。

やはり、こだわりのない笑顔はうわべだけだったのだろうか。

ざくっと胸が切り裂かれる思いがした。ちょっと気になっていただけの女の子から陰で嘲《ちょう》笑《しょう》されたときとは、わけが違う。

どうしよう。この人に背を向けられたくない。「ハズしてる」とか「田舎者《いなかもの》はしょうがないな」などと言われたくない。

「あ、あの」

耕太は、あえぐように言葉を絞《しぼ》り出《だ》した。

「ゆうべは」

ごくんと唾《つば》を呑《の》む。

「俺、酔ってたから。酔うほど飲んだことがないもんで、耐性なくて、なんかとんでもないバカやっちゃったみたいで」

「……バカ？」

相手の眉がぴりっと引き攣るのを見て、耕太は焦《あせ》った。

「あ、若宮さんのことじゃなくて。俺がバカでしたってことです。ほんとにごめん。何もかも、俺が悪かったと……」

若宮は静かに遮《さえぎ》った。

「そこで謝るか」

今までにない、氷のような冷淡さだった。表情の消えた顔は、端整を通り越して仮面のようだ。

「俺は謝ってほしくなんかない」

耕太は思わず目を瞬《しばた》いた。若宮は剣呑《けんのん》に目を眇《すが》めた。

「なんだ」

耕太は変なところに引っかかって、最大級に空気を読まない発言をしてしまった。

「若宮さんでも、『俺』とか言うんだ……」

純然たる驚きだったのだ。

「——それが？」

いっそう冷ややかに問い返されて、ますますドツボにはまる。

「や、その、似合わないなって思っただけで」

「『俺』って言ったらおかしいか」

若宮は、ぐっと歯をくいしばった。現れた硬い筋が、綺麗な顔の輪郭《りんかく》を歪《ゆが》ませる。

「君も結局、ほかの連中と同じなんだな」

いつもの意地悪ではない。本気で腹を立てている。いや、哀《かな》しげですらある。

耕太は呆然《ぼうぜん》として突っ立っていた。

若宮のことが今までで一番わからない、と思った。いったい何が、彼をそれほど怒らせたのだろう。

若宮はくるりと背を向けて、足早に厩舎を出て行った。視線さえも撥《は》ねつけるような、硬い背中だった。

若宮との連絡はそれっきり途絶えた。

これまでは、馬術部に顔を出さないときでも、毎日のように短文のメールは届いていた。それが二日たち、三日たっても一行の音信もない。

耕太は悶々《もんもん》とした。

彼が何を怒っているのかがわからなければ、詫《わ》びようがない。いや、詫びてはいけないのか。「謝ってほしくない」。あれは、どういう意味だったのだろう。

勇気を振り絞ってかけた電話は、長い呼び出し音の後、留守録に切り替わった。何度かけても同じだった。

メールも送ったが、返信は一切なかった。

そしてついに五日目には、『電源が入っていないか電波の届かないところに』という定型のメッセージだけが応えるようになった。

若宮の実家は病院だというから、検索すればどこだかわかっただろう。だが、その病院にしても医学部の校舎にしても、若宮の言ったとおり、耕太には敷居《しきい》が高かった。

今さらだが、なんで若宮のような男と平気でつきあっていられたのかと不思議だった。

相手が気を遣わせなかったからではないか、とふいに思った。こちらが変な気を回す前に、自分から高飛車にふるまって、反発心を煽っていたのではないか。むかついたり腹を立てたりするからこそ、自分は若宮と向かい合っていられた。佐原の言った「偽悪《ぎあく》」とは、そういうことだったのでは。

耕太は首を振った。また、自分に都合のいいように想像している。

若宮はただ、心のままにふるまっていただけに決まっている。自分はその引力に振り回され、ついていけなくなり、彼の軌道《きどう》から滑り落ちたのだ。

耕太は溜め息をついてベッドから立ち上がった。今日も当番がある。落ち込んでいるからといって、じっと家にこもってもいられない。

洗面所で顔を洗い、鏡の中の自分を見つめた。

新しい髪型は、仲間うちでも評判が良かった。黒いもっさりした髪が額に重く被さっていたときに比べれば、なるほどすっきりしている。

しかし、今の自分は「オトコマエ」にはほど遠い。目の下にはうっすらクマができているし、顔色も悪い。

教育学部の女の子たちに心を傷つけられたときは、すっかり臆病《おくびょう》になってしまったけれど、こんなにげっそりするほど悩みはしなかったのに。

耕太は、斜めに垂《た》れ下《さ》がっている前髪をひと房つまんだ。若宮のすべらかな指が、この髪を挟んでもてあそんだのは、ほんの数日前のことだった……。

「やめた、やめた」

耕太は大きな声を出した。こんなのは、自分らしくない。元の自分に戻りたい。若宮に掻き乱されることのなかった、以前の自分に。悩みらしい悩みもなく、馬に触れていられれば幸せだった自分に。

鋏《はさみ》を持ってきて、再び洗面所に立った。右眉の上にさらっと落ちかかる髪束《かみたば》を掴み、ざくっと刃《やいば》を入れる。

きしむ感触とともに、白いボウルに黒い髪がぱさっとひと房落ちた。その鮮《あざ》やかなコントラストは、陶器に亀裂が入ったようにも見えた。致命的な罅《ひび》。なんだかぞっとした。

耕太はもう、それ以上切る勇気を失《な》くしてしまった。

顔を上げて鏡を見る。このくらいなら何とかごまかせる、と思った。

耕太は髪の分け目をずらし、左側から少し髪束を持ってきて、眉の上にそっと流した。

大丈夫だ、髪は何とかなった。取り返しがついた。だが、若宮とのことは?

鏡の中の顔は、今にも泣きそうに歪んでいた。


若宮《わかみや》と連絡がとれないまま、春休みは終わろうとしていた。

三月最後の日は、一回生の女子と二人で当番になった。相手は気もそぞろで、どうもこの後に予定があるらしかった。そのいそいそした様子から、デートではないかと耕太《こうた》はかんぐった。

思ったとおり、午後遅くなって男が迎えに来た。

「なんだ、まだやってんのかよー」

茶髪を逆立《さかだ》てた男は、袖《そで》をまくってカノジョを手伝い始めた。カレシは同学年でも同学部でもないようだ。向こうは耕太を気にする様子もなく、女の子と笑いあって作業をしている。

自分の方がぐちゃぐちゃになっているときに、ラブラブな空気を振りまかれるのは、正直きつかった。

若宮もあんなふうに手伝ってくれた、と思うと、喪失感《そうしつかん》で胸が締め付けられた。別にその女の子を争っているわけでもないのに、耕太は茶髪の男に軽い敵意をおぼえたほどだ。

しかし、男手が増えたおかげで、思ったより早く夕飼《ゆうが》いを終えることができた。天気が崩《くず》れそうだったから、助かることは助かった。

案じたとおり、アパートに帰る途中で、大きな雨粒《あまつぶ》が落ちてきた。耕太は、アパートの近くの昔ながらの商店で、カップ麺《めん》を買い込んで走った。

つつましい夕食を終えるころには、風が妙に強くなっていた。掃《は》き出《だ》し窓のサッシがガタガタと揺れる。

「今ごろ台風ってことはないよな」

そう呟きながら、パソコンで天気情報を見てみた。この季節には珍しい、超大型の低気圧が大陸から降りてきているらしい。今夜半から暴風域に入る、と予報が出ていた。

「これはちょっと、まずいんじゃないか」

かといって部員に召集をかけることもできなかった。この時期、大多数の部員は実家に帰ったり旅行に行ったりしている。

耕太は、新部長と目《もく》されている佐原《さはら》にメールを入れた。彼もやはり、まだ実家にいた。いちおう天候の急変を報告したが、新幹線で三時間の距離にいる人に、何ができるはずもない。こういうときは、厩舎《きゅうしゃ》に近いアパートに住む自分が行くほかない。

外に出たとたん、ごおっと風が吹き上げた。

「わっぷ」

頭を引っ込めると同時に、バーンと大きな音を立てて、玄関のドアが叩きつけられた。

この風では、傘《かさ》は役に立たない。耕太はフードのついたレインパーカーの上下をまとって、何度も風に押し戻されそうになりながら、いつもの倍はかかって馬場《ばば》に着いた。

懐中電灯を持ってきていて良かった。街灯が破損して真っ暗なところもあったからだ。

厩舎の大戸を細く開けて、すばやく滑《すべ》り込《こ》む。

「みんな、大丈夫か！」

馬たちは不安げに耳を動かし、目を血走らせている。日ごろクールなアラブ種のカシュクランまでもが、耕太に向かって細い声でいなないた。

――このまま泊まり込むか。

耕太は馬たちの鼻面《はなづら》を順番に撫《な》でてやりながら、そう心に決めた。

去年の夏、台風が直撃したときは、男子ばかり四人で泊まり込んだ。あのときは小汚《こぎたな》い床にごろ寝だったが、今はベッドも真新しい毛布もある。

濡れたレインパーカーを脱《ぬ》いで廊下《ろうか》の釘《くぎ》に引っ掛け、部室に入った。隅《すみ》に畳《たた》んであったパイプベッドを引き出して、マットを広げ、物入れから買い置きのシーツを取り出して覆《おお》う。

居心地のいい巣はできたが、眠れるかどうかは微妙だ。寝ずの番になるかもしれない。

耕太はベッドの上で膝を抱《かか》え、携帯でメールをチェックした。やはり、若宮からの返事は来ていない。

――厩舎に独《ひと》りでいる、と送信してみようか。

しかし、指は途中で止まった。

それでも何の返事もなかったら？　こんな事態でも応じないとしたら、怒りではなく無関心の証拠だと思った。どちらかといえば、怒っている方がまだいい。無関心は辛《つら》い……。

突然、バリバリという音とともに、どおんと体に響く衝撃があった。

「ひ、ひ、ひいいいん！」

馬たちがいっせいに悲鳴に似た声を上げる。耕太は携帯をそこに置き、懐中電灯を手に部室を飛び出した。

「しーっ。大丈夫だ、ここにいるぞ」

通路の天井《てんじょう》で電球がゆらゆら揺れて、難破しかけた船の中にいるような不気味さだ。何か飛んできて、厩舎の壁板にぶつかったのかもしれない。耕太はおそるおそる、夜の嵐の中に踏み出した。

背中を丸め、腰を折り、風に逆らって進む。厩舎を一周する前に、さっきの物音の正体がわかった。

馬場の柵外《さくがい》に置いてあった、飼料運搬用《うんぱんよう》の一輪車が壁ぎわにひっくり返っていた。強風にあおられて転げてきたらしい。そのあたりの壁を照らしてみたが、幸い裂けたりはしていなかった。

一輪車を物陰に片付け、飛びそうなものはなるべく倉庫に回収して、厩舎に戻った。

何も羽織らずに飛び出したので、Tシャツは絞《しぼ》れるほどに濡れていた。

「しまったなあ。着替えを持ってくればよかった」

いくら近場でも、この風雨の中をアパートには帰れない。今が一番ひどいようだ。朝までには、少しは治まるだろうか。

シャツと、肌《はだ》に貼《は》り付《つ》く重いジーンズを脱いでみた。下着までは水が通っていなかったが、パンツ一枚でいるわけにもいかない。

しかたなく、もう一枚シーツを出してくるまった。

その姿でベッドに丸まっていると、外でエンジン音がした。

──この嵐の中を、こんな時間にいったい誰が。

耕太は、シーツを固く体に巻きつけて部室を出た。

廊下の端で、重い扉が風圧に逆らってじりじりと開く。その隙間から滑り込んできたのは、外国の軍人のような、全身を覆う防水コート姿の若宮だった。

「やっぱり来てたか」

フードからはみ出した前髪が、幾筋《いくすじ》も額に貼り付いている。微笑《ほほえ》みを浮かべた顔は青ざめて、ひどく緊張しているように見えた。

耕太は呆然《ぼうぜん》としていた。

「一人か」

バカみたいにうなずく。

「馬たちは落ち着いてるか」

「ちょっと、びびってるみたいだけど」

「連中、音に怯《おび》えるからな。こういうときは、正体のわかっている音を聞かせた方がいいんだ」

若宮はあたりを見回し、飼料を攪拌《かくはん》するのに使う金属製の盥《たらい》に目を留めた。

抱え上げて廊下の端に移動し、そこへホースを引っ張ってきて横木に引っ掛け、ほんの少し蛇口《じゃぐち》を緩《ゆる》めた。

しばらくして、水滴がホースの先端から落ち始めた。タン！　タン！　という規則正しい音が厩舎に響く。

馬たちは、それぞれの馬房《ばぼう》から首を伸ばして音の正体を確かめた。やがて興味を失ったように、頭を引っ込めた。満足しているときの、低い鼻声があちこちから聞こえてきた。

「やれやれだな」

若宮はようやくコートを脱いだ。耕太の雨具の横に引っ掛ける。

バタバタしている間は忘れていた気まずさが戻ってきた。廊下で向かい合う二人の間に、ぎこちない沈黙が落ちた。

若宮は、らしくもなく遠慮《えんりょ》がちに言い出した。

「少し……話さないか」

耕太は黙ってうなずき、部室のドアを開けた。

あんなことがあった後でも、こういうときに来てくれたことが嬉しい。

本当は心細かった。六頭の馬に責任を持つことも、大嵐の中、一人で厩舎に泊まり込んでいることも。

それを連絡はしなかったのに、自分がここに来ていると信じて駆けつけてくれた人の心を、ちゃんと受け止めようと思った。

さっと長靴《ながぐつ》を脱いでフローリングに上がる若宮の後ろから、耕太はシーツに足をとられながら、もたもたと上がりこんだ。

若宮はベッドを背にしてあぐらをかく。耕太はその横手にうずくまった。

シーツにくるまった珍妙な姿には何も突っ込まず、若宮はどこかおずおずと訊《き》いてきた。

「もしかして……電話くれた？」

――えっ？　知らないってこと？

耕太は驚いて、素《す》で応《こた》えていた。

「したよ。何度もした。メールも。なのに全然返事がないから、俺は……っ」

涙が出そうになった。

出会いがまずかったのかもしれないと、ふと思った。自分はどうも、この人の前では涙腺の歯止めが効かなくなる。

若宮はため息をついた。

「悪い。取り戻せなくて」

――取り戻す？　何のことだ？

「携帯の入った上着を教授の部屋に置いて、ちょっと離れた間に鍵《かぎ》をかけられた。教授はそのまま海外に行ってしまった。研究室と違って私室だから、警備の方では開けてくれないんだ」

ひと息いれて、若宮はひどく辛そうに言った。

「中で着信音が鳴ってるのは聞こえた。君じゃないかと思いながら他の方法でも連絡をとらなかったのは……君が何を言ってきてるかわからないから、怖かったんだ」

「怖い……？」

耕太は目を瞬《しばた》いた。この恐れ知らずの高慢な男が、何を怖がるって？

「すまない。たとえ君が酔《よ》った勢いで俺を誘って、それを後悔してるとしても、怒るすじあいはなかった。俺だって、君の酔いにつけこもうって魂胆《こんたん》がなかったとは言えない」

若宮は自嘲《じちょう》に唇を歪《ゆが》めた。

「シラフの君に言うべきことを言わないで……君の言うとおりだ。ずるいんだ、俺は」

ちょっと待って、と耕太は手を上げて遮《さえぎ》った。

「なんで？　俺、後悔してなんか」

若宮の頬がぴくっと引きつる。

「後悔……してない？」

「ただ、あの、寝ちゃったし。触られても勃《た》たなかったし。きっとあんたが怒ってると思ったら、とりあえず謝らないと、って。それに……俺、こんなこと初めてで、何をどう言っていいかよくわからなくて」

若宮はまじまじと見返して、深い吐息《といき》をついた。

「俺も臆病《おくびょう》だが、君もたいがいだな」

それを聞いて、さっきの疑問が頭をもたげてきた。

「若宮さんが臆病？　いったい何を怖がってるんだ？　言ってくれなきゃわからないよ」

若宮は苦しそうにうつむいた。

耕太は考え考え、言い出した。

「俺、思うんだけど。もしかしてあんたは、自分がそう見せようとしている人間とは、本当は違うんじゃないか？」

若宮の二つの顔を、自分は知っている。

出会いのときの温和なまなざし、率直で人間味のある言葉。次に馬場で会ったときの、高飛車で傍若無人《ぼうじゃくぶじん》なふるまい。一人の人間に自然に備わったものとしては、違いすぎた。

そして自分は、何度も見たはずだ。ぽろりと剝《は》げかけるたび、若宮が大慌てで塗《ぬ》り固《かた》める、その漆喰《しっくい》の下の素顔を。

若宮は、まだ迷いを残すかのように、しばし目を宙にさまよわせた。それから、「降参」の形に手を上げた。

「自分を作ってることは認めるよ。初めから嫌なヤツと思われてたら、それ以上嫌われることはないからな」

予想もしない答えに、耕太はぽかんと口を開けた。

「どういう理屈、それ」

若宮はひと息に吐き捨てた。

「嫌われるというか、相手が変わるんだ。いい感じで出会った子が、俺のバックを知ったとたん、もう俺自身を見なくなる。金と学歴と家柄《いえがら》。それだけ。ステレオタイプな『御曹司《おんぞうし》』のレッテルを貼って、そっぽを向くか、擦《す》り寄《よ》るかだ」

怒りというよりは、諦《あきら》めと失望の表情だった。

「そんなことは……」

きまりきった打ち消しの言葉を呟こうとする耕太に、若宮はこう補足した。

「変わらないのは、同じ立場にあるヤツくらいで」

あっと思った。

若宮が清花《せいか》に自然体だったのは、そういうことか。彼女の前では、若宮に自分を作る必要がない。若宮と似たりよったりの荷を、おそらく彼女も背負っているのだから。

家のことを持ち出され「お似合いだ」と言われたとき、彼女はどこか作り物めいた微笑を浮かべていた。清花もまた、若宮とは違った方法で自分を守っているのかもしれない。

重い枷《かせ》がひとつはずれた思いで、耕太はそっと吐息をついた。

若宮はやけに明るい調子で言い放った。

「うっかり壁とかにシールを貼って、剝がれなくて困ったことないか？　レッテルってやつは、剝がそうとしてもうまく剝がれなくて、汚い残り方をする。レッテルどおりにふるまう方が、万事スマートなんだ」

耕太はかえって、胸を刺されるように思った。

「でも……心から好きになった人には、ほんとの自分を知ってほしいと思うもんじゃ……」

若宮はぽつりと言った。

「そこまでの相手はいなかったよ」

「いなかった？　じゃ、今はいるんだ？」

若宮の顎《あご》がこわばり、頰がさっと赤らんだ。まずいところを見られたという、覚えのあるあの表情だ。

どきどきした。

自分の想像は、今度こそ当たっているだろうか。どうか読み違えていませんように、と祈る思いだった。

「若宮さん」

耕太は勇気をふるって、もう一歩踏み込んだ。

「もしかして……俺には知ってほしい、とか？」

若宮は拗《す》ねたように唇を尖《とが》らせた。

「――もう知ってるくせにな」

その表情は、きゅんとくるほど可愛《かわい》かった。こんな若宮は初めて見る。

性格の悪さが全開だから、隠しているものはないだろうなんて思ったが、とんでもない。まだ、こんなに可愛いところを隠していた。

わかりにくいはずだ。この人は自分で、わかりにくくしていたのだから。でも自分にはわかった。計算し尽くしたようで不器用な、この人の愛のかたちが。

シーツの中で、耕太は自分の膝を固く抱きしめた。泣きたいほど幸福だった。

若宮は今気がついたという顔で、耕太のシーツを引っ張った。

「しかし、凄《すご》い格好だな。林間学校の肝試《きもだめ》しみたいだ」

くすくす笑う。ちょっぴり意地悪だ。何だかそれが嬉しい。やはり、こちらの方が若宮らしいという気もする。

「この下はハダカ？　用意がいいな」

「違うし」

耕太は布を引っ張り返した。

「ハダカなのは本当だけど、別に用意してたわけじゃない」

「――何の用意か、とは訊かないんだな」

口をパクパクする耕太を、若宮はシーツごと、ぐっと引き寄せた。間合いもなく、激しく口づけられる。息を継ぐひまさえ与えられない。

今夜の若宮は性急だった。そして大胆《だいたん》だ。互いの心を知った今、臆することなどないのに違いなかった。

素肌に絡まるシーツを、若宮は一気にほどこうとする。耕太は反射的に身に巻きつける。短い攻防戦だった。しまいには、大きな白い薔薇《ばら》のような布の中心に、耕太はからだ一つで丸まっていた。

縮《ちぢ》こまろうとするからだを、若宮は強引に開いた。

どこをどうしたのか、手足を開いた姿でシーツに縫《ぬ》いとめられてしまう。

喉に、鎖骨《さこつ》に、口づけが降ってくる。

「や……くすぐった……」

首をすくめると、若宮はものわかりよく微笑んだ。

「弱く触れられると、くすぐったいよね」

今度はきつく歯を立てられ、強く吸い上げられる。赤味がかった痣《あざ》がみるみる増えていく。

トルネードでも、こんなにたちが悪くない、と思った。

そのうち若宮は、乳首《ちくび》や臍《へそ》や耳穴や、とにかく突起していたり窪《くぼ》んでいたりする場所ばかりを集中的に責め始めた。そういう場所には、秘密の電極でも埋《うず》めてあるのだろうか。

「あ……っ」

股間《こかん》がずくんと脈打つのを感じて、耕太は喉を反《そ》らせた。

若宮は手探りに、ひときわ大きな突起を摑《つか》んだ。下にずれていく気配を知って、耕太は悲鳴のような声を上げた。

「だめだ、そこはっ……」

温かく濡れるのを感じる。耕太はうろたえて、相手の頭を押し戻した。

若宮は心外そうに、

「ここは嚙まないよ?」

「そうじゃなくて、そんなとこ、口でっ……」

泣きそうになってしまう。

「唇から『そんなとこ』まで、全部ひと続きの皮膚《ひふ》だぞ」

理屈ではそうかもしれないが、やはり抵抗がある。

「ひょっとして後ろもだめか?」

後ろ、というのがあそこのことなら、なおさらとんでもない。耕太はふるふると頭を振って、シーツの上を後ずさる。

若宮は哀《かな》しそうにため息をついた。

「それだと、あまりできることがないな」

その落胆《らくたん》した様子に、耕太はちくちくした気分になった。

抱きしめてくれるだけで嬉しいと思っていたけれど、もっと深く彼を知る方法があるのなら、試してみたいと思った。

「……若宮さんは」

とたんに、額をこつんと指関節で叩かれた。

「附則《ふそく》その三。洸彰《ひろあき》と呼べ」

耕太は、どもりどもり言い直した。

「ひ、洸彰は、何がしたい？」

「耕太を抱きたい」

間髪《かんはつ》をいれず返った答えを、耕太はいぶかしんだ。

「もう抱いてるし」

若宮は意味深に微笑んだ。けっして意地悪な笑みではないのに、何かむかつく。

——俺よりちょっと大人かと思って。

若宮は、真面目《まじめ》に考え込んだ。

「どうしようかな。今日、できるとは思ってなかったから、持ち合わせがない」

「持ち合わせって……ホテル代、とか？」

「まあ僕に任せとけばいいよ」

若宮は口を濁《にご》した。

その態度にうさんくささを感じる。子供のころ、「痛くないよ」と言って、とんでもない治療を施《ほどこ》した歯医者を思い出してしまう。

そのとき若宮は、ぱっと表情を明るくした。

「そうだ。ここ、救急箱くらいあるだろう」

それは、ケガ人が出たときすぐ取れるように、上がり框《がまち》のわきの小机に置いてあった。

赤い十字のついた木箱の蓋《ふた》を開けて物色していた若宮は、「これがいい」と、白いチューブを取り出した。

手足をくじいたり、打ち身を作ったりしたときのマッサージ用の軟膏《なんこう》だ。強い臭《にお》いは馬が嫌うので、無香料のものを常備してある。

「俺、どこも痛くないけど」

「痛くしないために使うんだよ」

若宮はなぞなぞみたいなことを言う。ますますうさんくさい。

「ベッドに上がって」

新品のマットは、ほとんどきしむことなく、耕太の体重を受け止めた。

何となく仰向《あおむ》けに横たわったが、それでいいのかどうか、耕太は不安だった。女とのことは知らないでもないが、男同士のことはさっぱりわからない。

若宮は自分も服を脱ぎながら、「膝を立てて開く」と指示してきた。

医者のようだと思い、そういえば若宮は医者の卵だった、とおかしくなった。

だが、おかしがっている場合ではなかった。

申し訳程度に開いた足を、若宮は両手でぐいと開いたのだ。それどころか、膝がマットにつくほど押し倒す。

「ちょ……な、なにすっ……」

若宮の手にさっきの軟膏のチューブがあった。目は耕太の股間のもっと奥を見ている。

「ここ、よく解《ほぐ》さないと」

「ええっ⁉」

耕太は裏返った声を上げた。

「そう驚かれると困るんだけど」

若宮は本当に困った様子だった。

「だ、だってそこ、出すとこだよ。入れるとこじゃない」

まあそうなんだが、と若宮は苦笑した。

「男の体の構造上、そこでしか君と……。でも、どうしても嫌なら」

若宮は残念そうに、しかし潔《いさぎよ》く退《ひ》こうとした。

耕太はごくっと唾《つば》を呑《の》んだ。

嫌だと言ったら止めてくれる。それはありがたい。だが、自分はいつ「いい」と言えるだろう。絶対無理だ。一度拒《こば》んだら、自分はきっと二度と言いだせないに違いない。空気が読めない上にヘタレだから。

耕太は勇気を振《ふ》り絞《しぼ》った。

「あんたが大丈夫って言ってくれるなら」

え、と訊き返されて、やけくそのように口走った。

「言ってくれよ。心配するなって。大丈夫だって。任せろって。そうしたら俺、なんでもできる。これまで、あんたの言うとおりにして、うまくいかなかったことってないから」

若宮は、今までで一番優しい微笑を浮かべた。

「痛くしないとは約束できないよ。でもきっと後悔はさせない」

それから、硬くなったまま震えている耕太の雄《オス》を握《にぎ》りこみ、リズミカルに擦《こす》りたてた。若宮にそうされているというだけで、耕太は今にも上り詰めそうだ。

「こっち、少し我慢してて」

若宮は裏筋をくすぐるようにしながら、その奥の窪みに指を這《は》わせた。冷たい軟膏がぐにゅりと内部に入ってくる。

「ひっ……」

思わずすぼめた足をまたやんわりと開かれ、さらに奥まで指で探られる。

「んっ……気持ち、わる……」

「でも、いきなりだと痛いから」

いや、もうじゅうぶん痛い。

「痛っ……てか、なんか引っ張られてる……？」

「三本入ってるからね」

妙に冷静な声で言われた。

「え、ええっ……」

じぶんのそこが、若宮の指を三本も咥《くわ》えていると思うと、気を失いそうになってしまう。

「やっぱ、やだ、もう、や、」

若宮は馬をなだめるように耕太の尻を撫で、ひと息に指を引きぬいた。耕太は「きゃっ」と我ながら情けない声を上げて、若宮の肩にすがった。

抜かれたはずなのに、何かがまだ当たっている。硬くて熱い塊《かたまり》。

「そのまま摑まってて」

そう耳打ちすると、若宮はぐいと腰を押しつけてきた。

「ひあっ！」

痛みより恐怖感の方が強い。自分のからだに、若宮のからだが刺さり込んでいるなんて。からだがめりめりと割り開かれる感覚に怯え、耕太はすすり泣いた。

「もう少しだから」

若宮の息も荒い。

「も、もう少ししたら、どうなる?」

「全部入る」

耕太はすがりつくように訊いた。

「そしたら終わり……?」

若宮は、じつに気の毒そうな顔をした。

「出さないと終われない」

このままじっとしていたのでは終わらない、ということか。ひくっと泣きが入る。

「ごめん。辛抱《しんぼう》して」

若宮は耕太の腰骨を摑み、えぐるように深く楔《くさび》を打ち込んだ。いっぱいに開かれたふちが、若宮の雄《オス》に擦られて熱を持つ。

気が遠くなりそうになったとき、下腹のどこか、よくわからない場所が、ぐいと押された。

びくんと背中が震えた。

「あ、やあ……んっ!」

ひとりでに声が押し出される。

当たったな、という若宮の呟きを聞きながら、耕太は渦《うず》に巻かれていった。

自分の雄が、手も触れないのに白い熱液を噴きあげているのも、もうわからなかった。

やがて若宮は、ぴたりと動きを止めた。

額から落ちかかった前髪の先に、ひと滴《しずく》、汗が光る。それが落ちてくるのが、スローモーションのように見えた。

時が止まっていると感じた。

離れたくない。ずっとこうして重なっていたい。

早く終わってくれと願っていたのが嘘のように、耕太はきつく若宮に抱きついていた。

「……く、うっ……」

若宮は低く呻《うめ》いた。耕太をしがみつかせた胴が、ぶるっと震える。

わずかにのけぞった顔。恍惚《こうこつ》と目を閉じて悦《よろこ》びに浸《ひた》る姿は、彫刻のように美しい。

若宮をその極《きわ》みに誘《いざな》ったのは自分なのだということが、しみじみと嬉しかった。

彼は嘘はつかなかった。

痛かったけれど、苦しかったけれど、耕太は後悔などしていなかった。

訴《うった》えるようないななきと、ガッガッと地面を掻《か》く音。馬たちがえさを催促《さいそく》している。

耕太はいっぺんで目が醒《さ》めた。

「しまった。寝過ごした」

がばっと跳ね起きる。とたんに顔をしかめて突っ伏した。

「あたたっ……」

なぜこんなところが痛いんだろう、と首を捻《ひね》る。数秒たって、ようやく昨夜のことが頭によみがえってきた。

――そういえば、やっちゃったんだ。

鈍《にぶ》い痛みは、たしかに若宮と繋《つな》がることができた証《あかし》だ。

耕太はその痛みをいとおしむように、そろりと姿勢を変えた。

すぐ横で、もう一枚のシーツの塊がもぞもぞ動いた。

「ん……何時……」

「もうすぐ六時」

それを聞くなり、若宮はシーツから頭を突き出した。

「朝飼《あさが》いの時間じゃないか」

眠気のかけらもない、しゃっきりした顔だった。

耕太は感心してしまった。

「お坊ちゃんって、低血圧で寝起き悪そうだけど」

若宮は、「めっ」とばかり睨《にら》みつけてきた。

「ほら。すぐまたそういう、ステレオタイプなことを」

ごめん、と首をすくめる。

「馬をやってれば、早起きできないはずがないだろう。さ、行くぞ」

若宮は、そのあたりの服を掻き集めた。

「俺の服は」

パイプベッドの背もたれに掛けた衣類を触ってみて、耕太は声を上げた。

「どうしよう。まだ乾いてない」

今にも誰か来るかもしれない。今日の当番は仙崎《せんざき》だったか、尾上《おがみ》だったか。

うろたえる耕太に、若宮は指を一本立てて見せ、下だけ穿《は》いた姿で廊下に出て行った。

すぐ戻ってきて、「はい、着替え」と、ビニール袋に入った包みを差し出してきた。

「え？　これ、どこから」

若宮は自分のシャツを表に返しながら、種を明かした。

「君が濡れてるんじゃないかと思ったから、家から自分のを持ってきておいた。それほどサイズは変わらないだろう。大は小を兼ねるというし」

用意がいいのは認めるが、釈然《しゃくぜん》としない。

「持ってたんなら、なんでゆうべ、すぐ出してくれなかったんだ」

昨夜、若宮と真剣な話をしている間、「肝試しのオバケ」でいたことを思うと、文句も言いたくなる。

「着せたら、脱がさなきゃならないから」

変なとこでケチだな、と耕太はぼやいた。

それでも助かるのは事実だ。きちっと畳まれた衣類を、ありがたく身につける。

たしかにあまりサイズは違わない。袖やわきが少し余るかという程度だ。

抱かれているときは、若宮をもっと大きく感じたものだが……。最も大きく感じた箇所のことを思い出して、耕太は赤面した。

二枚のシーツは、丸めて物入れに隠した。馬具倉庫には、馬着《ばちゃく》や仕事着を洗うために、古い洗濯機が備えてある。後で洗っておかなくては。

先に出た若宮を追って外に出る。

嵐のあと特有の、瑞々《みずみず》しい朝だった。世界が丸洗いされたかのように、透明感のある風が吹いてくる。少し緩いシャツの隙間を、その風が通り抜けていく。

若宮に抱かれた翌朝に、その若宮の服を着ている。なんだか変な気分だった。だが、悪くない。

互いに相手を所有している、という感覚。そうか、つきあうってこういうことか。

普通の友達ではなく、ライバルでも師弟でもない、恋人という関係。からだが繋がれるずっと前から、恋人同士という馬場の柵外を二人でぐるぐる回っていたような気がする。

若宮は柵に寄りかかって、馬場とその向こうに広がる朝焼けの空を眺めていた。

横に並んだ耕太を、一歩下がって検分する。

「似合うじゃないか」

さらに、こうも言った。

「競技のときの乗馬服も、よく似合ってた。『馬子《まご》にも衣装』なんて、もう言うなよ」

自分はたしかに、少々ひがんでいたんだなと、素直に受け止められた。

今でこそ揺らがない自信があるけれど、足場が固まっていなかったら、若宮との格差の前に恋は潰《つい》えていたかもしれない。

耕太はおずおずと訊いてみた。

「俺のこと好きになったのは……いつから？」

「初めからだ」

即答だった。

耕太は小さな声で抗議した。

「あんなみっともないところを見て好きになるって、おかしいことないか」

若宮は照れもせずに言い切った。

「綺麗《きれい》なウソ泣きは嫌になるほど見てきたが、グチャグチャなマジ泣きは初めてだった。こいつとなら素顔でつきあえる、つきあいたいと思った」

言ってほしかった言葉をもらっているのに、面映《おもは》ゆくてしょうがない。

耕太はせいいっぱい突っ張った。

「だけどそのわりには、俺に対しても、ずっと素顔を隠してたじゃないか。しかも、ずいぶんな態度だったよな?」

若宮は、一見関係ない話を振ってきた。

「父が競馬好きだから、トルネードが馬術部にいることは知ってたし、気になってた。乗用馬の出物はほかにもあったけど、決断したのは、やはりおまえとマンサクを見たからだと思う」

そしてもう一度、柵の向こうに遠く目をやった。

「おまえとマンサクを助けたいと思ったとき、初めて自分の生まれに感謝したよ。助けることができる経済力があるってことに。だけど……いい人ぶって救いの手を出せば、おまえと普通につきあうのは難しくなるだろうな、と思った。おまえにだけは『若様』なんて言わせたくなかったんだ。それくらいなら、嫌なヤツと思われた方がいい」

それから若宮は、恥じ入るように呟いた。

「嫌なヤツからなら、援助を受けても卑屈《ひくつ》にならないでいられるだろう?」

ようやく地平線を離れた太陽が、若宮の顔を金色の光で照らした。

あのとき天使のように見えたのは、間違っていなかったと思った。綺麗なのは顔だけじゃない。自分をよく見せたいという当たり前の欲を、恋する相手のためにさらりと投げ捨てることのできる心の深さに、耕太は感じ入っていた。

そのとき若宮はくるりと振り向いて、耕太の頭をがしっと摑んだ。

「ててて」

そのまま、ぐいっと引き寄せられる。

「前髪を切ったな？　ごまかしてもわかるぞ。そんなものちょこっと切ったって、俺を切り捨てられると思うなよ。おまえはもう俺のものだからな、耕太」

天使だなんてとんでもない。

自分はマンサクに似ていると言われたことがあるが、若宮のこういうところは、トルネードに似ていると思った。

噛むふりをした後で甘えてくる黒馬の、拗ねた瞳を思い出し、耕太はため息をついた。

――ほんと、どっちも素直じゃないんだからな。

引かれるままに、若宮の胸に自分を預ける。

背後の厩舎から、えさを催促する馬たちの声が高く響いた。

純愛パッサージュ
jun-ai passage

数日前の嵐が嘘のように、うららかな朝だった。空は青く澄み渡り、地平を離れた太陽は、眩《まばゆ》い光を振りまいている。絵に描いたような入学式日和《びより》だ。

だが残念なことに、このあたりは桜前線の通過が早い。新入生を迎えるはずのキャンパスの桜は、すでに満開を過ぎてしまっていた。

その桜並木もつきたところから、緩《ゆる》い坂が農学部のある一画へと続く。そのあたりから、獣《けもの》臭《しゅう》と藁《わら》の匂《にお》いが漂《ただよ》ってくる。耕太《こうた》にとっては、実家を思い出させる懐《なつ》かしい匂いだ。

耕太が厩舎《きゅうしゃ》に入っていくと、馬たちはすぐ気づいて嬉しげにいないた。床を叩いてエサをねだる馬もいる。

「よしよし。すぐ用意するからな」

馬たち一同に声をかけるものの、足はマンサクの馬房《ばぼう》に向く。

新人のころからのお気に入りというだけでなく、マンサクは今や、競技会でともに戦う相棒《あいぼう》でもあるのだ。

長い顔を突き出して甘えるマンサクの鼻面《はなづら》を撫《な》でてやり、その耳にふっと息を吹きかける。マンサクはくすぐったそうに耳を前後に動かした。

まもなく他の当番生たちもやってきて、朝の飼《か》いつけが始まった。

太陽が高くなるにつれ、ぐんぐん気温が上がってきた。春というのに汗ばむ陽気の中での厩舎作業は、けっこうしんどいものがある。

それでも、ダークトルネードがいなくなったぶん、少しは楽になった。トルネードが「利《き》かない馬」だったから、なおさらだ。手のかからないマンサクを放出するより、部のためには良かったのかもしれない。

そしてきっと、トルネードのためにも良かったのだ、と耕太は考えた。

ああいう気の荒れた馬は、ただ「馬に好かれる」だけでは乗りこなせない。若宮《わかみや》の経験、根気、気迫《きはく》。それがあって、初めてトルネードの能力は活《い》かされたのだと思う。

それにしても、ユース大会での若宮の雄姿には驚かされた。

本番で初めて見た、フォーマルな乗馬服姿の凛々《りり》しさ。正確さやスピードだけではない、華《はな》やかなオーラを放つ騎乗ぶり。

憧《あこが》れというには苦しすぎるあのときめきが何だったのか、今は耕太にもわかる。

若宮は、出会いのときの泣き顔から、耕太に惹《ひ》かれていたという。自分もあのとき、金色の後ろ姿を天使のようだと感じ、恋に落ちていたのではないだろうか。棘《とげ》のある言葉や傲慢《ごうまん》な態度に反発するよりも、かいまみえた優しい素顔を忘れられなかった……。

そんなことを考えていると、作業で汗《あせ》ばんだ体に別の熱が忍び込んでくる。

春の嵐の夜に、若宮とからだを繋《つな》いだ。ほんの数日前のことだ。

だが、泣きが入るほどだった痛みも今は消えて、肌《はだ》にはうっすらと口づけの跡が残るだけだ。それはすでに、馬から噛まれたり蹴られたりした痣《あざ》に紛《まぎ》れてしまっている。仲間の前で半裸になったとしても、見咎《みとが》められることもないに違いない。

そして、深く体内に食い入ったものは、目に見える痕跡《こんせき》を残さない。

馬の歯型を、馬術部員の勲章《くんしょう》として受け入れるように、自分はあの痛みを、若宮から与えられた心の証《あかし》のように思っている。それが薄れることが、なんだか心もとなくさえ感じられる。

不安になるのは、自分がおくてだという自覚があるからだろうか。人間関係全般に未熟者の自分が、恋愛だけ、人並みなわけがないのだ。

それにひきかえ若宮は、二十一歳という年齢よりも大人びている。そして、容姿も頭脳も人柄《ひとがら》も高スペックなのだ。わざと傲慢にふるまったりさえしなければ、どれほど人を惹きつけることか。

そんな彼が、なにかと自分をかまうことが不思議だった。恋人になれたのは、なお不思議だ。自分など、綺麗《きれい》でも可愛《かわい》くもないのに、若宮はいったいどこを気に入ったのだろう。泣き顔がどうとかなんて、照れ隠しの言いわけみたいだ。

耕太は、フォークを厩舎の壁にたてかけて、ふうっと息を吐《は》いた。それは、労働の後の充足とは違う、複雑なため息だった。若宮を想うと、身も心もじんじんして、嬉しいのか切ないのかわからなくなってしまう。

解散後も、耕太はそのまま厩舎にとどまった。

当番が朝の飼いつけを終わったら、あとは夕方の当番が来るまで馬場《ばば》は無人になるのが休み中の流れだが、今日は夕飼《ゆうが》いの前に全員集合がかかっている。部の話し合いがもたれるのだ。年末に馬を放出する話し合いがあったときもそうだったが、今度もまた耕太にとって気の重い話になりそうだった。

馬術部では、四回生になると同時に引退するのが慣例だ。国分《こくぶ》が退いた後を、副部長だった佐原《さはら》がすんなり引き継いで部長になった。

そして二回生から選ばれる副部長には、なぜか耕太が推挙《すいきょ》された。

『なんたって、風間《かざま》は一番熱心に活動してるよな』

『真面目《まじめ》だし手抜きしないし、技術もついてきたし、いいんじゃやない?』

「俺なんか」としりごみする耕太を、部員たちは口々に説得してきた。耕太が首を縦に振らないままに、話し合いは終わった。それが一昨日《おととい》のことだ。

「だって、ガラじゃないよなあ」

今度のため息は、いっそう陰気なものになってしまう。それでも、馬房から頭を出したマンサクのお気楽な顔を見ると、笑みがこぼれた。

馬という動物は、人の気持ちに敏感だ。辛《つら》いときは慰《なぐさ》めてくれ、落ち込んでいると励《はげ》ましてくれる。言葉を持たないだけに、じかにこちらの感情に寄り添ってくるようだ。

長い首を叩き、たてがみを指で梳《す》いてやると、マンサクはお返しのように耕太の横髪をくわえて引っ張った。トルネードも、若宮にそういう甘え方をしていたなと思うと、くすぐったい気分になった。

しばらくマンサクとたわむれてから、耕太は部室に向かった。

今日の昼食は、若宮とメールで約束して、学食でとることにしていた。一度アパートに帰るのも中途半端な時間なので、部室でヒマをつぶそうと思ったのだ。

耕太は行儀悪く床に寝転がって、他の部員が持ち込んだらしい長編の競馬漫画を読んだ。ついつい読みふけってしまって、ふと時計を見ると、そろそろ約束の時間だ。慌てて学食へ向かう。

若宮は先に来ていた。陽気がいいからか、学食の外のベンチに腰を下ろして、本を開いている。熱心に読んでいるふうはなく、ときどき頭を上げてはあたりに目をやっている。

ふわりと軽い栗色の髪が、春風に乱されてきらきら光る。正午の陽光が、真上からスポットライトのように、整った顔の輪郭《りんかく》を浮き立たせている。彼のいるところだけ、西洋画のように静謐《せいひつ》で輝かしかった。

声をかけるのを忘れて見惚《みと》れていると、こちらを向いた目が耕太を捉《とら》えた。

にこっと笑った顔は、初めて会ったときと同じだ。今ではそれが素《す》だとわかっているが、やはりどきっとしてしまう。

「やあ」

ほころばせた唇がなんだか眩《まぶ》しくて、耕太は口の中でもごもご挨拶《あいさつ》を返し、立ち上がった彼に従った。

学食はビュッフェ形式で、トレイに好きな皿をとって計算してもらうシステムになっている。若宮のトレイには、主食のピラフにサラダや小鉢《こばち》が取り合わせられていて、いかにもバランスのいいランチになっていた。

耕太は「今日のパスタ」だけをトレイに載せた。体を使ったわりにお腹が空《す》いていないのは、部会の件で屈託《くったく》があって、胸がつかえているからかもしれない。

窓際の明るい一画に、若宮は席をとった。

「ここでいい?」

耕太はうなずき、若宮の前に座った。

テーブルは横長で、向かい合った互いのトレイがぴったりくっつく。

若宮は「ビタミンが足りないよ」とひと声かけて、和《あ》え物《もの》の小鉢《こばち》を耕太のトレイに越境させてきた。耕太は遠慮《えんりょ》せず、「ありがと」と小さく頭を下げた。

食事の合間に若宮はいろいろ話を振ってくるが、咀嚼しながら口を開くことはしない。耕太が話しているときは、箸《はし》を置いて耳を傾ける。育ちがいい、というのはこういうことか。

話題は、主《おも》に今年度のシラバスのことだった。

去年は一般教科が主だったが、二年からは、学部基礎科目を主体に、専門科目も入ってくる。それが耕太にはありがたい。

若宮のノートのおかげで天敵・化学を討ち果《うちは》たしたものの、じつは耕太は、英語や数学もあまり得意ではない。ひきかえ、生物は高校時代からずば抜けていたし、家業が家業だから、草地学や畜産学はとっつきやすくて興味深い。ようやく自分の好きな学問に打ち込めると思うと、胸が弾《はず》んだ。

若宮の方は、四年になると「臨床《りんしょう》」というものが始まるのだそうだ。その表情をみると、彼もまた、「大変だが楽しみだ」と感じているのがわかる。彼と波長が合っているようで、わくわくの二乗だ。

それに医学部は六年制だから、若宮の方が二学年上にもかかわらず、卒業は耕太と同時になる。そんなことがやけに嬉しい。

今ひとつ食はすすまないものの、会話の楽しさに助けられて、耕太はどうにかトレイの上のものを平らげた。

「ごちそうさま」

耕太が箸を置くと、若宮はテーブルに肘《ひじ》をついて身を乗り出してきた。

「ね、何かあった？」

え、と見返すのへ、

「なんだか、あまり食欲なさそうだったから。悩みでもあるんじゃ……。あ、マンサクの調子が悪いとか？」

耕太の悩みといえば、馬がらみなのか。よほど朴念仁《ぼくねんじん》と思われていそうだ。じっさい、そうではあるけれど。

変にはぐらかすのも、余計に心配をかけるだろう。耕太は、副部長選出の件をかいつまんで話した。

「俺は、ずっとヒラでいいのにな」

そうこぼす耕太に、

「それはわかるよ。『厩十分《うまやじゅうぶ》』でもいい、という君だからな」

優しい目を向けられて、体の奥から温かい波動が広がるのを感じた。あの痛みは消えても、この人との繋がりは消えない。そう信じさせてくれる眼差《まなざ》しだった。

「でも、それだけ？」

先を促《うなが》されて、耕太は続けた。

「今年副部長だと、来年は部長にってことになりそうで。これまでも、だいたいそうだったみたいだし。俺、部長なんて、とてもとても」

ため息をつく耕太を、若宮はじっと見つめた。その優しい眼差しに、強い光が宿る。

「気持ちはわかると言ったけど……それでも、やってみたら？　君はけっして、部長になれない器じゃないよ」

耕太は慌てて首を振った。買いかぶられても困る。

「無理、無理。俺、器なんてものがあるのかすら、怪しいのに」

若宮は首をかしげ、

「どうしてそう、自信がないかな」

独《ひと》り言《ごと》のように呟く。

すっと彼の手が動いて、テーブルの上で耕太の手を握《にぎ》った。そのしぐさは自然で、しかし、友人に対するものとは異なる熱を伝えてくる。

耕太は、握られた手を引っ込めたくなった。すんなりと長い指。上品で、それでいて強靭《きょうじん》で。それにひきかえ自分の手は、と見直して、耕太は「あれ」と思った。

若宮の人さし指の関節に、青痣がうっすら残っている。少し腫《は》れてもいるようだ。トルネードに噛まれた跡か、馬具にぶつけでもしたのだろうか。

――この人は、違う世界の人なんかじゃない。馬を通じて、俺と重《かさ》なりあう世界にいるんだ。頭の中に、苦手な数学の「集合」の図が浮かんだ。若宮を表す青い円と自分の黄色い円とが、端で重なりあって緑になる。瑞々《みずみず》しい若草の色だ。

かぐわしい草のいぶきに満たされる思いがした。そんな自分自身をいとしいと思う。自分を価値あるものと信じることができるのは、好きな人に好かれているからだ。

若宮は耕太の手をとったまま、顔を近づけてきた。

「もっと自信をもてよ。馬に関しては、君は今の三回生にだって負けちゃいないだろう」

ユース大会のドレッサージュ部門六位は、自分としては大満足でも、他人にいばれる成績でもないと思っていた。それを、若宮は高く評価してくれた。初めての競技会出場で、乗馬クラブの常連も参戦する中、立派な実績だ、と。変な癖《くせ》のついていない素直な姿勢だから、伸びしろがある、とも。

競技成績はともかく、耕太にしても、馬の扱《あつか》いについてはそれなりに自信がある。馬とは気持ちが通じ合えると思っている。だが、人間関係はやはり難しい……。

「部員もぜんぶ馬なら、いいんだけどな」

思わず漏らした言葉は、われながらとんちんかんなものだった。

とたんに若宮は、ぷはっと噴き出した。うつむいた肩が波打つ。続いて、こらえかねたように天井《てんじょう》を仰《あお》ぎ、

「あっはっは！」

ほとばしる笑いは、じつに豪快だった。

「部員が馬って、なんだよ、もう。擬人化《ぎじんか》アニメじゃあるまいし」

身をよじって、テーブルを叩かんばかりに笑う。

ようやく呼吸を整えて、若宮は笑い涙の滲《にじ》んだ目尻《めじり》を、痣のある指で拭《ぬぐ》った。

「それでいくと、国分さんは重輓馬《じゅうばんば》のペルシュロンあたりかな。あ、ポニーみたいな女の子もいなかったか。髪型がまんまポニーテールの」

耕太は、なんだか楽しくなってきた。

「じゃ、俺はドサンコ？」

「にしちゃ、足が長いよ」

テーブルの下で、若宮はこっそり足を絡めてくる。うろたえて、声が上ずった。

「若宮さんは」

突っ込まれる前に「附則《ふそく》その三」を思い出し、あやうく言い直す。

「ひ、洸彰《ひろあき》は」

彼を名前呼びすることに、まだちょっと抵抗がある。

「サラブレッドかな。それも、トクベツ毛並みのいい」

「光栄だね」

若宮は、さばさばした態度でこの賛辞を受け入れた。

そのとき、周囲のテーブルから好奇と驚きの目が向けられているのに、耕太は気づいた。

「あれ……若様、だよな」

「あんな、普通っぽく笑うんだ？　驚いた」

「一緒にいるの、医学部の人じゃないよね？」

ひそひそ声が耳に入ってくる。彼にも聞こえているだろうと思うと、どうにも間の悪い思いがした。

若宮の学内での評判がどんなものか、耕太も承知している。彼はあえて高慢にふるまい、嫌味な言動を表に出してきた。

『初めから嫌なヤツと思われていれば、それ以上嫌われない』。

そんな歪《ゆが》んだ思考に陥《おちい》るほど、「御曹司《おんぞうし》」のレッテルに、彼は傷ついてきたのだ。では、今はもう、自分を作る必要を感じていないのだろうか？

彼が自分らしさを隠さなくなったら、誰もその魅力に勝てないに違いない。それは彼のためには喜ばしいことなのに……胸の奥でチリリと不穏なベルが鳴った。

午後から研究室に用があるという若宮と別れて、耕太は再び馬たちのところに戻った。

一頭一頭の馬に声をかけ、手を触れてみる。牛もそうだが、手で触れることで、体調や気分を知ることができる。同じ命のぬくもりを分けあうもの同士の、言葉を超えたコミュニケーションだ。

そうするうち、他の部員たちが会合のために集まってきた。

仕切り直しの話し合いで、耕太は副部長を引き受けた。仲間たちに押し切られてというよりは、若宮の期待に応《こた》えたかったのだ。彼をがっかりさせたくない。それに、彼が自分に副部長が務まると信じているのなら、きっとできるはずだと思えた。

「では、今年度の役員。部長・わたくし佐原、副部長・風間、書記・喜多見《きたみ》。以上で」

佐原部長の締めの言葉に、みな「異議なし」とうなずいた。

学期始めの新入生は多忙だ。健康診断だの、履修《りしゅう》登録だのでバタバタしている。自分も去年はそうだったな、と耕太《こうた》は振り返った。

陰で田舎者《いなかもの》と馬鹿にされたり、マンサクのことで仲間の部員たちとぎくしゃくしたり、いろいろ辛《つら》いことのあった一年だったが、今年はまた、別の苦労を背負うことになりそうだ。

大変だろうなと覚悟する一方で、あまり気が重くないのは、若宮《わかみや》という強い味方がいるからかもしれない。それも、ただの友人・知人ではなく、恋人として。

不器用で気の利《き》かない、あかぬけない自分をそのまま受け入れてくれる相手がいるというだけで、重荷を背負って進む力がわいてくるような気がするのだった。

副部長としての初仕事は、新入部員の勧誘だ。

勧誘を始めていいのは入学式の十日後から、と決められていた。どこも、解禁をてぐすねひいて待っているが、馬術部はひとしお気合いが入っている。

昨年度、保有馬を放出しなくてはならない事態になったのも、部員の減少が理由だった。

部員が少ないということは、馬の世話をする人手が足りないだけでなく、資金不足をも招く。

部員が多ければ大学からの補助金が増えるし、徴収《ちょうしゅう》する部費もけっこうな額になる。つまり、馬術部の健全な運営には、部員の獲得が急務だ。

だから、次の部会の議題は、いかにして新入部員を集めるかということだった。

一番てっとり早い対策として、見学会・体験乗馬を去年より大々的に宣伝することにした。

馬術に興味を持ってもらうにも、まず、新入生たちが馬場《ばば》まで来てくれないと話にならない。

「やってみたいという人は、一定数いると思うけど……ほら、馬って、綺麗《きれい》だけど汚《きたな》いから」

なにやら哲学的なことを言いだしたのは、耕太と同学年の女子部員だった。同じ農学部の耕太には、うなずけるものがあった。生き物は美しい。だが、厄介《やっかい》でもある。それは観念ではなく、実感だ。

佐原《さはら》は、話をさくっと現実路線に引き戻した。

「そうそう。あまり汚らしいところを見せると引かれそうだから、こう、なんていうか、おシャレというか、ノーブルな雰囲気《ふんいき》がほしいよな」

すぐ手を上げたのは、三回生の女子。書記を務める喜多見《きたみ》だ。

「そんな高望みしないで、まず、厩舎《きゅうしゃ》周りの整頓《せいとん》を励行《れいこう》しましょうよ」

散らかし屋の自覚のある連中は、小さくなって頭を掻《か》いている。

もう一人の女子からは、処分する予定の古い蹄鉄《ていてつ》を綺麗にペインティングして、会場の飾りつけに使ってはどうか、という案が出た。

耕太も負けずに声を上げた。今は副部長なのだから、黙って流れに任せているだけではいけないと思った。

「汚いとか臭《くさ》いとかとは真逆になるけど、馬術部が敬遠されるのは、敷居《しきい》が高いってこともあるんじゃないかな。なんか、特別な人だけがすること、みたいな」

自分にも、そういうところがあったから、言えることだ。馬の魅力が気後れを上回ったから、自分は一歩踏み出すことができたが、しりごみしてしまう人もいるだろう。

佐原は腕組みし、うーんと唸《うな》った。

「ノーブルなところと、親しみやすさの両立か。けっこう難しいこと言うな、おまえ」

嬉しいことに、同学年の男子が味方してくれた。

「風間《かざま》の言うこと、一理《いちり》ありますよ。多くの部員を集めるには、間口を広げて、いろいろなタイプの学生に対応するべきだと思う」

挙手《きょしゅ》をしての発言はそこで止まり、ざわざわと私語が交わされる。

「兵馬の世界には、セレブな人と庶民《しょみん》な人と、両方いるってことをアピるわけ？」

「うちのどこに、セレブがいるってー？」

その突っ込みに笑いかけて、佐原はふと真顔になった。

「いや……いないことも……」

口の中で呟いて、何やら考え込んでいる。

話は具体的な手順に移り、チラシ書きや厩舎の飾り付けなどの役割分担を決めて、散会となった。

最後に部室を出て、鍵《かぎ》をかけようとする耕太に、佐原は背中から声をかけてきた。

「なあ。若様はサークルとかやってないよな？」

「それはないでしょう、乗馬クラブだけで手一杯のはずだから。アルバイトも……しないですよねえ」

佐原はキラリと目を光らせた。

「だったら、馬術部の勧誘を手伝ってもらえないかな」

「え？」

「うちはほんと人手が足りてないし、若宮さんは俺らより技術は上だし、障害競技の模範《もはん》を見せてもらえたらいいなと思うんだ。おまえから頼んでみてくれないか」

拝むしぐさに、耕太はとまどいを隠せなかった。

「俺から、ですか？」

「うん。風間の言うことなら、若様も前向きに考えてくれそうな気がしてさあ」

どきっとした。佐原は何か勘づいたのだろうか。

——そういや、佐原さんは前から、俺が若宮さんに「気に入られてる」とか言ってたっけ。

他意はないに違いない、と耕太は自分に言い聞かせた。

「じゃ、声はかけてみますけど……」

「頼むよ。がんばって口説《くど》き落《お》としてくれ」

押されてうなずいたときは腰が引けていたが、アパートへ歩いて帰るみちみち、このことを考えてみて「悪くない」と耕太は思い返した。

部長からの依頼なら、若宮もおおっぴらに活動に参加できる。勧誘イベントの当日だけじゃなくて、準備期間にも来てくれるかもしれない。

ついさっき食堂で話したときも、若宮の言葉の端々から感じていた。医学部の四回生ともなれば、これまで以上に多忙になるだろう。そんな彼と行動を共にできるチャンスは、逃《のが》したくない。

その一方で、「つきあうようになったら、とたんにわがままを言い出す」と若宮から思われるのでは、という心配もあった。

ひところの対人恐怖じみた気後れは、ずいぶん軽くなってきたけれど、やはり、好きな相手が自分をどう思うかは気になるところだ。

他人の目が平気になったぶん、若宮の思惑《おもわく》が気にかかる。高飛車にいじられていたころの方が、気がラクだったような。まだ自分には、「優しい人は怖い」という意識があるのだろうか。

夜に電話して、おそるおそる持ちかけると、若宮はあっさり『いいよ』と請《う》け合《あ》ってくれた。

『どうせ僕は、サークルとかやってないしね。新人勧誘の大騒ぎは、毎年、ちょっと面白《おもしろ》そうだなと思って見てたんだ』

これで、部長の要請《ようせい》に応《こた》えることができる。耕太は、ほっと肩の力を抜いた。そして改めて、若宮の優しさに心うたれた。わざと悪ぶることは止めても、こちらの気を軽くするような言い回しは健在だ。

「ありがとうございます」

公式の依頼だからと、少々堅苦《かたくる》しく礼を言う。

『どういたしまして。副部長のお役に立てて光栄です』

冗談めかした言葉に、耕太への思いが透けて見えた。若宮は、耕太の部内での「顔」がよくなるようにと考えて、引き受けてくれたのではないか。

懐《ふところ》に入ってみれば、本当に情のあつい人だ。耕太はあらためて、若宮の器に惚《ほ》れ直《なお》す思いがした。

馬術部見学会は午後三時からとなっていたが、定刻前に、けっこう人が集まっていた。一週間にわたって部員たちが配布したチラシや、各学部の掲示板に貼《は》らせてもらったポスターが、予想以上に効果を上げたらしい。

馬術部の営業努力は、宣伝活動にとどまらなかった。部員たちはこの日、朝早くからボロとり・藁替《わらが》えに励《はげ》み、馬具置き場も整頓した。各馬房《かくばぼう》には、クリスマスのリースのように彩《いろど》った蹄鉄を下げ、「おシャレ」な雰囲気をかもし出す。

模範演技に備えて、みなで馬場の半分に障害物を配置していると、県道からの坂を濃紺の軽自動車が上ってくるのが見えた。車は厩舎の裏手に停まった。

すらりとした青年がその車から降り立って、こちらに手を振る。

耕太は子犬のように駆け寄った。

「いらっしゃい、若宮さん」

さすがに人前では、「附則《ふそく》その三」と突っ込まれることはなかった。

二人で厩舎の表に回ってくると、佐原が挨拶《あいさつ》に進み出た。彼にしては堅苦しく頭を下げる。

「お忙しいところを、どうも」

若宮は、握手《あくしゅ》でもしそうに出した手を、さりげなく頭にやった。

「いや。準備の方はあまり手伝えなくて、いいとこ取りみたいで悪いけど」

佐原は目をぱちくりと瞬《またた》かせた。若宮の言うことが嫌味でもなんでもないと気づくのに、ちょっと時間がかかったようだ。

今日の若宮のいでたちは、ポロシャツに「キュロット」と呼ばれる乗馬ズボン姿で、他の部員たちと同じだ。だが、そのポロシャツは胸にロゴの入ったブランドものだし、ブーツは革の光沢が濡れ濡れと美しい。さすがに、馬術部のメンバーが通販で一括《いっかつ》購入した安物とは違う。

愛用の鞭《むち》を手に、若宮は佐原の横に並んで歩きだした。

「クラブの方に置いてあったのを取りに行ったもんで、出番に間に合わないかと思った」

人懐《ひとなつ》こくさえ感じられる微笑に、佐原はまたも目を瞬《しばた》いた。

「よし。真打《しんう》ちが来たところで始めるぞ」

佐原がパンパンと手を叩いて、部員たちを馬場に集めた。手順をもう一度確認し、それぞれの部署へと散る。

耕太は、マンサクを厩舎から引き出した。

声のよく通る喜多見がメガホンを握《にぎ》り、見学者を誘導する。

ずらりと馬場の柵沿《さくぞ》いに並んだ学生を見ると、少なくとも百人以上はいるだろう。冷やかし半分にしても、盛況《せいきょう》だ。

まずは模範演技ということで、ドレッサージュの見本を示すべく、耕太はマンサクに鞍《くら》を置いて跨《また》がった。

最初はただ歩いているだけに見えるのか、観衆の反応は鈍《にぶ》かったが、パッサージュの弾《はず》むような足取りには、思わぬ拍手が来た。びくっとしてしまう。マンサクも一瞬、首すじをこわばらせた。もともとのんきな馬だから、それ以上の動揺はなかったが、やはり集中を欠いた感はある。

自分としては、大会のときほどいい出来ではなかったと思うが、演技を終えて馬場を出てくると、盛大な拍手に迎えられた。なんだか面映《おもは》ゆい。

耕太に続いて若宮が、障害飛越の模範演技を見せることになっていた。

若宮は、茶目っけたっぷりに首を傾けた。

「僕が馬術部の馬に乗ってもいいの？」

佐原は、「どーぞどーぞ」とばかりに、前部長の国分《こくぶ》がよく乗っていたアラブのカシュクランを差し出した。サラブレッドのトルネードほどではないが、これも馬体が大きく、風格のある馬だ。

その馬を御《ぎょ》して、若宮がひらりひらりと障害を越えるたび、わあっと歓声が上がった。障害競技のほうが、馬場馬術より見所がわかりやすいし、何といっても派手だ。

すべての障害をクリアして戻ってきた若宮は、カシュクランの手綱《たづな》を部員に渡した。そして柵外へ出てきて、先に演技を終えていた耕太と並んだ。

部長は喜多見からメガホンを受けとって、二人を見本に服装の説明をした。

「地方大会や地元のイベントなどには、こういう服装でも出場できるので、初心者も心配いりません。本格的なユニフォームについては、部から貸し出すこともできます」

公立大学の馬術部には、大学デビューの部員も多い。経済的にも、自前の衣装を用意できる部員ばかりでもない。

「ただ、馬場では襟《えり》つきの服装が必須です。たとえブランドものであっても、Tシャツはダメです。……風間くん。それ、いくらのポロシャツ？」

予定どおりに振られて、耕太は声を張り上げた。

「はいっ、エコマート大学前店で、三枚セット千九百八十円です！」

見学者たちから、どっと笑いが起こった。

ひところは他人に笑われるのが無性に怖かったが、今は耕太も過剰《かじょう》に反応しない。それに、自分から笑いをとりにいけば、むしろ気分がいい。

横で若宮も楽しそうに笑っている。それがまた、いっそう耕太の気持ちを軽くしてくれるようだった。

佐原は片手を上げて合図した。

「では、みなさんにも体験していただきましょう」

部員たちが馬場の柵を押し開く。

見学者たちは、互いに譲《ゆず》り合《あ》うように目を見交わしている。特に女子は、実物の馬の大きさに、腰が引けているようだ。

若宮はすかさず、耕太の手からマンサクの手綱をとり、彼女らに歩み寄った。見る人をうっとりさせるような微笑《ほほえ》みを浮かべ、耳触りのいい声で勧める。

「馬は初めて？　大丈夫、このコは大人しいから」

それを保証するように、マンサクは低く鼻を鳴らして頭を下げる。女の子たちは、マンサクを間近に見て嘆声《たんせい》を上げた。

「わあ、綺麗な馬！」

「すごい、真っ白」

目を輝かす彼女らに、「すっげー年寄りなんですよ」などとは誰も言わない。夢を壊しては気の毒だ。

「乗ってみる？　はい、ここに足を乗せて」

騎士然とした若宮に支えられて鞍に跨《また》がった女の子は、頬を上気させていた。

「きゃー。こわーい」

身をすくめ、遊園地のアトラクションに乗っているときのような高い声をあげる。

若宮は、乗り手が鞍に落ち着いたところで、手綱を引いて歩きだした。マンサクは、素人《しろうと》が乗っていることを心得ているかのように、しずしずと歩を運んだ。

「次、あたし」

「俺も」

さっきまでの逃げ腰はどこへやら、体験希望者は長蛇《ちょうだ》の列を作った。

マンサクの他に二頭の馬が、体験用として準備されていた。どちらもやや小型の練習馬だ。トルネードほどではないが、カシュクランやマイスタージンガーは、下手《へた》な乗り手を舐《な》めてかかるので、初心者には向かない。

三頭の馬を男子部員と若宮とで引いて、希望者を順次乗せ、馬場をひと回りする。

順番待ちの学生、とくに女子からは、若宮とマンサクに熱い視線が注がれた。

「ね、あの人、すごくいいよね？」

「うんうん。あたし、芸能人かと思っちゃった」

「ていうか、白い馬と一緒にいると、まんま王子様じゃん」

ひそめても上ずる声は、さえずり交わす小鳥のようだ。

佐原とともに、案内と説明役に回っていた耕太は、だらしなく緩《ゆる》みそうになる口元を引き締めた。若宮が誉《ほ》めそやされると、こそばゆいような、晴れがましいような気分になる。

ふと、自分はいいが他の部員は面白くないのではないか、と心配になった。

泉水《せんすい》女子大の学生との合コンのとき、若宮ばかりがモテモテで、泉水の女の子どころか、馬術部の女子まで持っていかれそうになった。後でさんざん恨《うら》み言《ごと》を聞かされたものだ。

だが部の男どもは若宮人気に腐る様子はなく、彼ともうまく連携《れんけい》して、見学者たちをさばいていた。

ひとつには、若宮がこれまでの「偽悪《ぎあく》」を捨てて、本来の性格の良さを隠さなくなったからだろう。誰の反感も買わない若宮を見ていると、耕太は、ほっとする一方で、奇妙なもの寂しさを覚えた。

午後遅く、見学会はお開きになって、そのまま反省会へと移行した。

部室に集まり、車座《くるまざ》になる。去年よりひとまわり小さな輪の中央に、菓子箱《かしばこ》が置かれた。

「では」

佐原が蓋《ふた》をとる。「おお」と歓声が上がった。中には、仮入部の申し込み用紙が山になっていたのだ。

「すげえ」

「三十枚以上、あるんじゃね？」

ひごろ飄々《ひょうひょう》としている佐原も、興奮気味だった。

「まだ、ほかの部とどっちにするか、迷ってるのも多いだろうけどな。半分でも残ってくれりゃ、大躍進《だいやくしん》だ」

みな手放しの喜びようだったが、耕太はかえって不安になった。自学年から、九人中三人しか残らなかったという実績がある。

耕太は、誰にいうともなく呟いた。

「たくさん入ってくれても、きついとわかったら辞めちゃうんじゃ　」

佐原がすぐ、前向きにフォローを入れた。

「人数が多くなれば、きつさも緩和《かんわ》されるよ」

それはそのとおりだ。

馬術名門校では、三人で一頭の馬を担当すると聞いた。西海大《さいかいだい》では、「二人で一頭」も徹底《てってい》できていない。それどころか、耕太は一時期、一人で二頭を世話していたのだ。

もし、一頭につき二人ないし三人体制が徹底できれば、休みもとりやすくなる。馬術部に所属する限りろくろく帰省もできない、という現状が改善されるかもしれない。

そのとき、部員の輪の外にいた若宮が口を挟《はさ》んできた。

「それは、病院の人手不足問題と似ているね。看護師の手が足りないと、今いる看護師までダウンして辞めてしまう。すると、残っている人にいっそう負担がかかる。悪循環《あくじゅんかん》だ」

「なるほど。その例はわかりやすいな」

口達者で実利的な佐原も、若宮には一目《いちもく》置いているようだ。

「馬術部も、ここが踏ん張りどころじゃないかな。躍進の年になるよ、きっと」

率直な励ましに、みな真剣な表情でうなずく。

若宮は照れたように目を泳がせ、そそくさと腰を上げた。

「じゃあ、僕はこれで」

部員一同、はっとして姿勢を正した。口々に礼を言うのへ、若宮は気さくな笑顔で応えた。

耕太はひとり、若宮を送って外に出た。

乗馬服にブーツのまま、車に乗り込もうとするのを見て、

「これから、また生駒《いこま》に？」

うん、とうなずき、若宮は自分の袖《そで》をくんくんと嗅《か》いだ。

「馬術部の匂《にお》いだ。あいつ、懐かしがるかな」

あいつ、とはトルネードのことだろう。

大学と乗馬クラブは、それほど離れているわけではない。若宮は耕太とマンサクに会いに馬術部によく顔を出すし、耕太も何度か生駒でレッスンを受けた。だが、トルネードがここに来ることは、もうない。

「ほかの馬の匂いなんかつけて帰ったら、浮気してきたと思って嚙みつくかもよ」

冷やかす口調になったのは、そのやるせなさを振り払いたかったからだろうか。

「ま、立派な浮気だろうね。引くだけならともかく、自分でも乗っちゃったから」

――そうだ、お願いしてた模範演技だけじゃなくて、見学者の世話までさせてしまったんだった。

耕太は姿勢を改めて、頭を下げた。

「今日はほんと、助かった。ありがとう、洸彰《ひろあき》」

そんな耕太を情のこもった目で包み込んだかと思うと、若宮はちょっと厳《きび》しい顔になった。

「人数が増えれば、トラブルも増える。新人に直接かかわるのは、三回生より、すぐ上の二回生だろう？　馬と同じだ。舐められるんじゃないぞ」

つん、とおでこを突かれて、耕太は首をすくめた。

指導力も洞察力《どうさつりょく》もある人だ。お坊ちゃんでも、いや、お坊ちゃんだからこそか、人の心の裏側を知っている。この人が馬術部員だったら、文句なしにリーダー格だろう。

ふと、今さらな疑問をおぼえた。

裕福だから乗馬クラブ所属、と決まったものでもない。泉水女子大の部長は、若宮と同じく中高ではクラブ所属でも、大学では馬術部に入って、部長まで務めているではないか。

思い切って訊《き》いてみる。

「洸彰はなぜ、馬術部に入らなかったの」

馬術部員でなければ、学生馬術連盟主催の大会には出られない。出場機会は多い方がいいだろうに。

若宮は、間髪《かんはつ》をいれず返してきた。

「協調性がないから」

あんぐり口を開けた耕太の顔がおかしいと言って、若宮はからからと笑った。

かと思うと真顔になって、こんなことを言い出した。

「医学部を選んだ時点で、部活は諦《あきら》めたよ。来れるときだけ、というわけにはいかないだろう？　部員としての活動にろくろく参加しないでいて、名前だけ部員になって学生大会に出ようというのは、ちょっとずるいよね」

そういう手もあったのか。

前部長の国分は堅物《かたぶつ》だったからわからないが、佐原タイプの部長なら、部費さえ納めてくれれば活動に参加しなくても目はつぶりそうに思う。それで入賞でもすれば、学校の名も上がるわけだし……。

耕太の考えを読み取ったように、若宮は駄目押しした。

「世の中、正論ばかりじゃ渡っていけないけどね。馬のことでズルはしたくないんだ」

優しい容貌《ようぼう》に、凜《りん》とした気迫《きはく》が漂《ただよ》う。この人は、顔かたちがどうとかより、生きる姿勢が美しいのだと思った。

気を吞《の》まれて目を見開いている耕太に、若宮はにこっと笑いかけてきた。

「だから、こうして呼んでもらえると嬉しいよ。マンサクとも遊べるし」

「洸彰って、なにげにマンサクのこと、好きだよね?」

若宮はてらいもなく返してきた。

「耕太に似てるからかな」

――それは、つまり、俺を好きだってことだよな。

にわかに動悸《どうき》が激しくなる。

たしかに、はっきりそう言われてつきあうようになったけれど、耕太にはまだ、「好きだ」と言われるのに慣れていないのだ。

「あ、俺、部室に戻らないと」

赤くなった顔を隠して背を向けるのへ、

「トルネードに、伝言はないか?」

え、と振り向いた顔に、若宮の顔が近づく。

耕太はキスにも慣れていない。身構えるひまもなく、ただ蹂躙《じゅうりん》されるに任せる数秒間の後、ちゅくっと音を立てて離れた唇が、いたずらっぽく笑う。

「……はい、たしかに受領しました。あいつに届けておくよ」

名残惜《なごりお》しそうに、若宮は身を退《ひ》いた。

少し傾いた陽に、群青色の車が鈍く光って遠ざかる。それを坂の上から見送りながら、耕太はシャツの胸をぎゅっと摑《つか》んだ。

キスだけじゃもの足りない。けれど、彼とそういう話をするのは、なんだか気恥ずかしい。

——しらふで「しよう」なんて言えるかな。

頭の中にその言葉が浮かんだだけで、ぽっと火がついたように顔が熱い。「する」なんて、普通のサ変動詞なのに、どうしてこんなにどきどきするのだろう。

火照《ほて》る頰を押さえ、部室に戻ってみると、書記の喜多見が入部希望者の集計をしていた。

「教育学部、女子。心理学部、男子。……あ、獣医学部の子がいる。入ってくれるといいね、獣医の卵なら、何かのときにアテにできそう」

彼女が一覧にまとめたものをのぞき込んで、男子部員たちは色めきたった。

「おお。女の子がいっぱいだあ」

ほくほく顔で叫ぶのへ、

「この正直者」

三人の女子が同時に突っ込んだが、その顔は笑っていた。

「ま、女子が増えた方が、あたしたちも多数派になれて、いいけどね」

そういえば、体験乗馬の希望者も圧倒的に女子が多かったな、と耕太は思い返した。

「女の子って、馬が好きなんですかねー」

佐原はしゃらっと言い放った。

「いやあ。彼女らが好きなのは馬じゃなくて、馬に乗ってる王子様の方だと思うよ」

「それ、若宮さんのことですか?」

「あの乗馬姿は、『若様』より『王子様』のがしっくり来るだろ」

したり顔の佐原は、さらにこう続けた。

「狙《ねら》いが当たったなあ。女子はほとんど、王子様目当てじゃないか?」

口の中に苦いものが広がってくるのを感じる。耕太はそれを、どうにか言葉にした。

「狙いって……うちにはあの人ほどの上級者がいないから、模範を示してもらったんじゃ」

他の部員たちが、口々に打ち消す。

「彼ほどのイケメンがいないから、だろ」

「素人に、乗馬技術のレベルなんかわからないさ。うまい先輩よりカッコイイ先輩、だよな」

ひがむというより、すでに諦めの境地のようだ。

ようやく耕太は、佐原の本当の「狙い」に気づいた。

「あ、あの人も部員だと思い込ませて、新入生を釣《つ》ったってことですか⁉」

「いやあ。部員として紹介したりはしてないし。ノー・プロブレム」

そうは言っても、同じような身なりで、わきあいあい馬を引いていれば、見学者たちは若宮も部員だと思って当然だ。まして耕太と、二部門の代表選手のような形で模範を示したのだから。そしてその誤解をわざわざ訂正しないのは、意図的に誤解を招いているといわれてもしかたがない。

それに、さっきからの部員たちの反応からして、このことには暗黙の了解があったようだ。自分だけが、何もわかっていなかった。耕太は、自分の鈍さをあらためて痛感した。

それにしたって、知らなかったでは済まない。なんといっても、「使者」に立ったのは耕太なのだ。

「佐原さん」

言いかけて、耕太は言葉を呑み込んだ。口を開けば、彼を責めてしまいそうだった。

佐原はちゃっかりしているが、悪気はないのだ。彼は知らない。若宮が筋を通そうとして、部に所属しないでいることを。部費だけ払って籍《せき》を置いてもらうなどという姑息《こそく》な手を使わず、正々堂々と出場資格のある大会だけに出ていることを。

その高潔な人を利用した。

自分がそんなふうに利用されたと知ったら、若宮はどれほど不愉快《ふゆかい》なことだろう。なかだちをした耕太を軽蔑《けいべつ》するかもしれない。

心臓が重く痛く疼《うず》いた。

彼に軽蔑されたくない思いと、彼に対して不誠実でありたくないという思いとが、せめぎあって、心にきつい負荷をかけてくる……。

解散後、耕太はのろのろと家路をたどった。

若宮は、まだ乗馬クラブにいるだろうか。それとも、もう家に帰っただろうか。

先延ばしにしてほかから情報が入る前に、正直に打ち明けて詫《わ》びよう。気づかなかった間抜けさを笑われてもいい。若宮を欺《あざむ》いているよりはマシだ。

耕太は足を止め、メールを打った。

「今どこ？　話したいことがあるんだけど帰りにでも寄ってくれないかな」

すぐ返ってくるとは限らない。馬に乗っていれば、あるいは車に乗っていれば、返事は後になるだろう。

そう思ってポケットに突っ込んだ携帯は、すぐさま振動し、最近変えたばかりの着メロを奏《かな》でた。

——え、電話？

耕太は逡巡《しゅんじゅん》した。

メールにしたのは、若宮の声を聞いたら、気がくじけそうだったからだ。だが、どっちみち顔を合わせて話すことになる。今逃げてもしかたがない。

「――洸彰？　今、電話いいの？」

やけに弾んだ声が応える。

『生駒には、トルネードの顔を見に行っただけなんだ。これから学校に戻るとこ』

「え、学校に？」

『来週の臨床《りんしょう》実習について、勉強会があるもんで』

逃げ道を見つけたとばかり、耕太は早口で切り上げようとした。

「なら、忙しいよね。ごめん。じゃあもう」

若宮は、その語尾に押しかぶせてきた。

『でも、行くから。遅くなっても、絶対に。部屋で待ってて』

耕太がたじろぐほどの熱意だった。うん、と言うしかなかった。

結局若宮は、午後九時を回ってから、『今から行く』とメールをよこした。それに返信してまもなく、ドアチャイムが鳴った。

応えてドアを開けると、息を弾ませた若宮がそこにいた。階段を駆け上がってきたらしい。

「お待たせ」

その声にかぶって、ぐう、と妙な音がした。若宮は子供っぽく首をすくめた。

「夕飯、食べ損ねちゃって。もう学食も閉まっててね」

「ご、ごめん。そうだよね、忙しいのに、俺が」

ぐいと鼻をつままれる。

「おまえ、遠慮《えんりょ》しすぎ。俺は、無理なときは無理って言うよ。先走って気を回すことないぞ」

――「おまえ」と言われたの、初めてじゃないか？

「君」なんて呼ぶ人の方が、耕太の周りでは希少だ。なのに、若宮からの「おまえ」呼びに、ぞくぞくするほど心が昂《たか》ぶった。

若宮は腹を押さえて、おおげさに訴《うった》えた。

「お腹すきすぎて、倒れそう。何かない？」

耕太は慌てて、玄関から台所へ突進した。

「な、何でもいいかな」

シンク下から、買い置きのカップラーメンを取り出す。

「お腹すいてるなら、大盛りがいいよね？　今、お湯沸《わ》かすから」

自分は夕食を済ませていたが、若宮につきあおうと、小腹がすいたとき用のミニカップを持ってきてフローリングに座る。

若宮は手を出そうとせず、二つのカップ麵《めん》をただ眺《なが》めている。耕太は両方の蓋をそれぞれ半分剝《は》いで、コンロで沸かした湯を注いだ。

麺の鉄

「俺はきっちり三分計ったことないけど、洸彰の好みは、硬《かた》め？　柔《やわ》らかめ？」

若宮は、「うーん……」とはっきりしない返事をした。どちらでもいいのならと、およそ三分で蓋をとる。

「はい。もういいと思うけど」

若宮は、割《わ》り箸《ばし》で麺をたぐり、おそるおそる口をつけた。

——猫舌なのかな。

ちゅるっと麺をすすり、

「うまい」

びっくりしたように目を見開く。

「だろ？　それ、三割引の目玉商品だったんだ。定価じゃ買わないよ、グレード高いから。豚《ぶた》の背脂《せあぶら》入りだって」

「ふうん？」

わかったようなわからないような返答をして、若宮は再び容器にかがみ込んだ。耕太も自分のミニカップに箸をつけた。

「あー、うまかった。ごちそうさま」

若宮が箸を置くのを待って、正面から向き合う。顔を見たら言えなくなるかもと思っていたが、心は揺らがなかった。

——この人は、俺に勇気をくれる。

彼に嫌われたくない以上に、そんな自分のままではいたくなかった。

「今日は、話したいことがあって」

熱い目でうなずかれる。

「うん、なに……？」

甘く響く声に、室温が跳ね上がったような気がした。

耕太は焦《あせ》った。

「は、話っていうか、謝らなくちゃいけないことが」

言葉を切って、ごくんと唾《つば》を呑む。

「謝る？　君が、僕に？」

若宮は、けげんそうに目を瞬いた。

一息にと言いたいが、もともと口上手な方ではない。まして、嫌な話だ。それでも、自己弁護に終わらないようにと、自分を戒《いまし》める。とつとつと話し終わって、耕太はうつむいた。

若宮はこほんと一つ咳払いした。どことなく、面白がっているような気配があった。

「ええと。僕はわかってたけど」

「え」

耕太は、ぱっと顔を上げた。

――わかってた。何が？　俺のバカさ加減？　それとも佐原部長の目論見《もくろみ》が？

「そういう目で見られるのは、慣れてるから」

イヤミかな、と微笑む。いや、全然、イヤミじゃない。いっそサワヤカだ。

「そういう目……って、つまり」

「客寄せパンダとか、インチキ宗教の広告塔みたいな、ね」

露悪的《ろあくてき》なことを言っているのに、自虐《じぎゃく》のかけらも感じられなかった。天真爛漫《てんしんらんまん》なほど、さばさばしている。

「僕はかまわないよ。君に利用されるなら、君にとって利用価値のある人間だってことが嬉しいくらいだ」

若宮は真摯《しんし》な表情を浮かべて、こう続けた。

「それに僕は、馬の魅力を信じてるから。きっかけはどうでも、馬と接するうちに目ざめてくれる人はきっといる。そこからは、君らの腕の見せ所じゃないか」

これで話はついたとばかり、若宮は二人分の空《あ》きカップを持って、台所に立った。耕太はぽうっとして座ったままでいた。なんだか拍子抜けしてしまったのだ。

若宮はカップをざっと水ですすぎ、「これ、プラだよね」と、流しの横の分別ゴミ箱へ投げ込んだ。

こちらに向き直り、

「泊まっていい？」

直球が来た。

なんだかんだで、もう午後十時近い。しかし、家に帰れない時間と距離でもない。ならば彼は……「泊まりたい」のだ。

実家では、遊びにきた友達がそのまま泊まることはよくあった。親戚《しんせき》同様に、家族ぐるみで仲良くしている男の子は何人もいて、どの家の子も自分の子のように扱《あつか》う土地柄《がら》だった。

なのに今、うろたえてしまうのは、若宮が「家族同然の男の子」ではないからだ。

耕太がもじもじしているのをどうとったものか、

「お泊まりセットはある」

若宮は、テーブルの足元に置いた革《かわ》のトートから、黒いメッシュのインナーバッグを持ち上げてみせた。

「今日は研究室に泊まり込むかも、と思ってたから」

そして、「困る？」と眉《まゆ》をひそめた。

耕太は、ううんと首を振った。

本当は、困るといえば困る。心の準備ができていない。ただもう、若宮に謝ることしか考えていなかったのだ。

「え、えと。じゃ、洸彰がベッド使って。俺、床に」

たどたどしく算段するのを、若宮はずばっと断ち切った。

「一緒でよくない？」

夕方のキスといい、今日の若宮はけっこう強引に押してくる感じだ。出会ったころの有無を言わさない傲慢《ごうまん》な態度ではないけれど、妙に余裕がない。

耕太はますます逃げ腰になった。

「あ、お風呂、入るよね。湯を張ってくる」

ふふっと意味深な笑い。

「それ、後のがよくないか？」

知らなかった。この人がこんなに艶《つや》っぽいなんて。

「じゃ、あの、歯、磨《みが》いてくる」

「あ、僕も」

すかさずインナーバッグから歯磨きセットを取り出して、若宮は洗面所についてきた。若宮と横ならびで歯を磨くことになるとは、思わなかった。

もう逃げられないと思う。別に、逃げたいわけではないのだけれど。

洗面所を先に出た若宮は、ベッドに腰を下ろしていた。おずおず寄っていく耕太の腕を引っ張る。そのまま転げて、からだを押さえ込まれた。ぎゅっと目を閉じて、髪や頬を撫《な》でられるに任せていると、若宮は思いがけないことを言い出した。

「おまえも、無理しなくていいんだぞ？　入れられるのが辛いなら、そう言えばいい」

無理はしてない、むしろしてほしい。せっかく泊まってくれるなら、何度でもからだを繋《つな》げて確かめたい。

だが言えない。辛かろうと気遣《きづか》ってくれているのに、「やっちゃってください」なんて、ハシタナイではないか。

「うん……そう、かも……」

耕太はあいまいに呟いた。

「触るだけなら、平気？」

また、うん……と口ごもる。

「耕太はほんとにウブだな。そこが可愛《かわい》いけど」

臆面《おくめん》もないことを言って、若宮は耕太のからだをまさぐり始めた。あちらこちらに口づけを落としながら、肌《はだ》を暴いていく。

露《あら》わになった下肢《かし》を割り、若宮の手が股間《こかん》のさらに奥へと伸びてくる。

柔らかい粘膜《ねんまく》を内に隠した窄《すぼ》まりを、若宮の指が捉《とら》える。覚えず、びくんとからだが跳ねた。

「ここ……今日は、慣らすだけにしとこうね」

何か用意している気配がした。かすかに薬品の匂いがする。

やがて、冷たくぬるりとしたものをまとって、若宮の指が戻ってきた。それを丹念《たんねん》に擦《こす》りつけ、揉《も》み込《こ》むうち、するっと指先がもぐり込む。

耕太は、くっと息を呑んだ。

広げるつもりがないからか、若宮は指を増やさない。長い中指をじわじわと奥に進め、ゆっくりと探る。何本も入れられたときはわけがわからなかったけれど、一本だけだと、かえってその動きが生々《なまなま》しく感じられる。

「う、ん、あ…あ……っ」

不快感から快感へは、ほんのわずかな段差しかない。ほとんど表裏一体だ。体内にある秘密のボタンと、わかりやすく反応する外の器官のように。

後ろを探られて、そちらに火がつく兆《きざ》しがあった。

やばい、と思った。このままでは、もっと満たしてほしいとねだってしまうかも。

耕太は尻をすぼめて、若宮の指から逃《のが》れようとした。

「や、だ……なんか、気持ち悪い―」

「もう少し、辛抱《しんぼう》して。こないだは、まぐれ当たりみたいなもんだったから。今度はよく確かめて」

「!?」

若宮が言い終わらないうちに、ずうんと音がしそうな衝撃が、からだの内側からきた。

耕太は息を詰めた。

初めて若宮を受け入れたときも、似たような衝撃を感じたが、今度の方がピンポイントだ。ほとばしりそうになる声を抑えようとすると、「ひっ」と息が引きこまれる。全身がぶるぶると感電したように震えた。

「ここ?」

心なしか、嬉しそうな声だ。耕太は上ずった声で抗《あらが》った。

「ちが、いやだ、そこは……っ」

「違わないよ。すごくいい顔してる」

「う、そっ」

こんなに変な気持ちになっているのだから、顔も歪《ゆが》んで変になっているに違いないのに。顔を隠そうとする手を摑まれて、若宮のものに導かれる。

「耕太」

そのせっぱつまった声音で、彼がどうしてほしいのかわかった。

初めはたどたどしく、自分が熱くなるにつれて、激しく擦りたてる。手の中で悶《もだ》えるそれを、自分の中で蠢《うごめ》く指に置き換えて、耕太は昂ぶった。

「あ、あ、いくっ……んっ……」

若宮の喉からも、押し殺した呻《うめ》きが漏れた。

全身がけだるく弛緩《しかん》する。重い瞼《まぶた》を持ち上げると、若宮と目が合った。頭をぐいっと抱きこまれる。

若宮の肩口に頭をもたせて、耕太は荒い息を静めた。

最初のときも、ちらっと脳裏をよぎった疑念が、今またくっきりと影を落とす。

「洸彰は、どうして、こういうこと、知ってる？」

おずおずと尋ねるのへ、

「こういうことって？」

「お、男との、つまり、やり方っていうの？　ほら、なんかさっきも、ツボっていうかさ……」

若宮の性体験が気になる。気にしていると知られるのもみっともない気がして、せいいっぱい平静を装おうとするのに、うまくいかない。

若宮はあっさりと引き取った。

「前立腺のこと？」

「そ、そう言うんだ……」

「あれ、男のGスポットなんて言われてるんだ。ペニスで感じるのに瞬間だけど、絶頂が長いのは、女性の感覚に似てるらしいね」

耕太は枕《まくら》に顔を埋《うず》めた。若宮と目を見合わせてできる話じゃない。

「や、だからさ、なんでそういうこと」

詰《なじ》る調子になってしまう。若宮はしゃらっと返してきた。

「うちは整形外科だけど、叔父《おじ》と従兄《いとこ》は泌尿器《ひにょうき》専門だし」

耕太は、がばっと顔を上げた。

「え。すると、医学的知識？」

門前の小僧《こぞう》だよ、と若宮は笑った。

――なあんだ。洸彰も、手探りだったんだ。

現金なもので、ほっとすると同時に、健康な眠気が押し寄せてきた。若宮の鼓動《こどう》をこめかみに感じながら、耕太は眠りに落ちた。


週が明けて、馬術部は新入部員を迎えた。

数日のうちに、「厩七分《うまやななぶ》」に懲《こ》りて何人かが辞めたものの、過去最多の十四名が正式の部員としてスタートを切った。

これだけ分母が大きければ、耕太《こうた》の代のように三人ぽっちしか残らないということは、まさかないだろう。

それでも、少しでも定着率を上げるために、先輩一同は知恵を絞《しぼ》った。

例年、ＧＷがひとつのヤマになるというのは、ろくに休めないサークルであることを実感して、辞めたくなる者が続出するからだ。

今年は人手が多いこともあるし、全部員を二班に分けて、連休の前半と後半でどちらか出ればいいようにシフトを組むことにした。そうすれば、誰もが三日ずつ休める計算だ。定着率がよければ、夏休みも同じようにできるだろう。

希望をとり、調整するのは、副部長である耕太の役目だった。その手の折衝《せっしょう》が自分にできるのか不安だったが、みなが協力的で助かった。

ようやく完成したシフト表を配った、次の日。例によって朝一番にやってきた耕太は、厩《きゅう》舎《しゃ》の入り口で女の子に声をかけられて飛び上がった。自分より先に来ている女子がいようとは、思いもしなかったのだ。

相手は耕太と話すために、ふだんより早めに来たらしい。

「あのう。GWのことなんですけど」

おずおず切り出されて、耕太はそっとため息をついた。どうにかまとめたシフトに、今さら文句をつけられても困る。

だが、その小柄《こがら》な娘の顔を見直して、耕太は「おや」と思った。まだ誰が誰かよくわからない新人たちの中で、この子には覚えがあったのだ。獣医学部の学生だ。たしか、相島《あいじま》……柚《ゆ》奈《な》、とか言った。

農学部と獣医学部は、校舎が隣り合っているし、どちらも動物を扱《あつか》うから、他の学部より密な関係にある。

彼女自身の印象も、悪くなかった。ハキハキして気の利《き》く子だ。小さい体で馬を怖がらないのも、耕太には好もしかった。

その彼女が、らしくなくもじもじしている。向こうの方が上がっているのだと思うと、耕太の中に余裕が生まれた。

「俺、しょせん『副』だからさ。かしこまらないで、何でも言って？」

くすっと肩を揺らす彼女の表情は、まだ硬い。

「ええと、副部長だからじゃなくて、先輩のこと見てて、この人なら頭ごなしにガミガミ言わないいんじゃないかって」

「俺、馬にも舐《な》められてるからねー」

柚奈はぶんぶん首を振った。肩を過ぎる長さの髪を、部活では二つに緩《ゆる》く括《くく》っている。それが花房《はなぶさ》のように揺れた。

「いえ、そんなんじゃないです。先輩は、何ていうか、優しそうで……」

「ははあ。何か頼みごとだな？」

首をすくめて、上目遣《うわめづか》いに見返してくる。

「あたし、ＧＷに帰省したいんですけど、うちけっこう遠くて。乗り継ぎもあるし、三日のお休みだと、実質一日になっちゃうんです」

もっと休みが欲しい、ということか。

耕太が、わがままを諭《さと》す言葉を捜しあぐねているうちに、柚奈はこう続けた。

「祖母が寝付いてて、孫はあたし一人なんで、寂しがってると思うから……」

耕太の脳裏に、実家の祖母の顔が浮かんだ。

自分の家は大家族だからまだいいが、たった一人の孫娘が遠く離れてしまっていては、さぞ年寄りは寂しく、気が揉《も》めることだろう。

ゆっくり滞在して祖母の相手をしたいという気持ちは、よくわかる。だからといって、ほかの部員にしわ寄せが行くのは……。

う～んと考え込む耕太を見て、困らせたと察したのか、柚奈はきゅっと唇を引き締めた。

「でもこれって、私の都合ですよね。今度だけで済むことでもないから、みなに迷惑かけるようなら、入部は取り下げようかと思います」

その心意気は、あえて馬術部に籍《せき》を置かない若宮《わかみや》に重なった。いい子じゃないか、と素直に思えた。

耕太は思わず言ってしまった。

「いいよ、今回は俺が代わるから」

弾《はじ》かれたように、柚奈は顔を上げた。大きく目を見開いて、

「え。でも、それじゃ、先輩が」

「どうせ実家に帰っても、同じだから」

大きな目を、今度はぱちぱちと激しく瞬《しばた》く。

耕太は笑って補足した。

「俺のうち、酪農家《らくのうか》なんだ。帰省したって、俺は労働力としかみなされないよ。相手が偶蹄目《ぐうていもく》か奇蹄目《きていもく》かってだけで、やることは同じさ」

柚奈は瞼《まぶた》を赤くして、何度も頭を下げた。そして耕太から離れ、自分の分担している馬房《ばぼう》の掃除にかかった。

——なんか俺、わりとうまくしゃべれたんじゃないか？

若宮ほど完璧ではないだろうが、相手の気持ちに負担をかけない親切が、自分にもできたようで、耕太はなんだかいい気分だった。


新入部員の歓迎会は、GW明けに行われた。「今ごろかよ」と、他の部からは突っ込まれそうだが、このころまで待たないと、新人が部員として定着するかどうか不確実だからだ。形態は、馬場《ばば》でのバーベキュー。安上がりだし、参加人数のことや何かで気を遣わなくて済むのがいい。それに、馬場はキャンパスのはずれだから、酒が入って騒ぎになっても、はた迷惑にはならない。

耕太は佐原《さはら》・喜多見《きたみ》とともに、準備に取り組んだ。

一番の問題は予算だ。それというのも、「新歓バーベキュー」では、新入部員からは会費を取らないことになっているからだ。

「部長、大丈夫ですか。今年は新人、めちゃ多いっすよ」

「トルネードのおかげで、まだ備蓄《びちく》がある。心配すんな」

「そういえば」

買い出しリストを点検していた喜多見が、佐原に指をつきつけた。

「トルネード、まだ登録抹消《まっしょう》してないでしょ」

佐原はうわのそらでうなずいた。

「馬匹《ばひつ》登録な。うん、わかったわかった。やっとくから」

学生馬術連盟に加入している大学馬術部は、部員と所有馬の登録をする決まりになっている。

「この時期は、部員も入ったり辞めたりで、面倒なんだよな……」

もともとは事務能力の高い佐原だが、部長の補佐としてやっていたときとは勝手が違うのか、部員が増えすぎたからか、手が回らなくなっている感があった。

「俺、何かできることないですか」

実務を助けようと言い出したのに、佐原が命じたのは、いわば接待だった。

「風間《かざま》は若宮《わかみや》さんに、新歓コンパの連絡しといてな」

「え」

また彼を「客寄せパンダ」にするつもりか、という疑念が顔に出ていたのかもしれない。

佐原はこう付け加えた。

「いいんだよ。向こうから、呼んでくれと言われてるんだから」

若宮の方から参加したがっているとは、意外だ。学生同士のそういうつきあいを、彼は避けているとばかり思っていたが。

「そういえば、去年は泉水《せんすい》との合コンにも来てくれたわね。あのときは、まだちょっと傍若《ぼうじゃく》無人《ぶじん》というか慇懃《いんぎん》無礼《ぶれい》というか、だったけど。このごろやけにフレンドリーじゃない？」

「うん。あんな気さくな人だとは思わなかったよ。わからないもんだな。要するに、親しくない間は一線を引いてるってことかな」

「人には乗ってみよ、だっけ」

「馬には乗ってみよ、人には添うてみよ。人に乗ってどうすんだよ」

漫才のようなボケとツッコミをかましている佐原と喜多見には、男女のつきあいとか、そんな空気はない。なんだか男同士の友達みたいな二人だ。

異性でも友人になることもあれば、同性で恋人になることもある。

同性でも、友人と恋人は、もしかして、はたから見てわかるものなのか？　ちょっと焦《あせ》ってしまう耕太だった。

当日は、みごとな五月《さつき》晴れになった。暑くも寒くもなく、火を使うのが危ないほど風も強くない。こういう野外行事は、天候に恵まれれば、まず成功したようなものだ。

朝飼《あさが》いを終えた部員たちは、そのままバーベキューの準備にかかった。

火を起こすのは男子の役目だ。女子は厩舎横の洗い場で、野菜を洗ったり切ったり、肉を皿に並べたりしている。

こういうときは、よく動く子と、腰の重い子の落差が目に付く。あの相島柚奈は、動く方だった。小柄な体でくるくると立ち働く彼女の姿を、耕太は目の隅に留めていた。

煙《けむり》が出るほど熱せられた鉄板に油を引いて、まずは肉が載せられる。

鉄板は、「ウエルダン派」と「レア派」に最初から分けてある。「よく焼いてから食べたい」者が、「生焼けおかまいなし」のつわものに肉を奪われてしまうという、過去の失敗からだ。

柚奈は女子には珍しいレア派らしく、男子の多い鉄板の方に来ていた。さっそく彼女の皿に肉を貢《みつ》ぐ男子が続出する。柚奈は、なかなか人気があるようだ。

美人顔ではないが、愛くるしい顔立ちをしている。上唇がちょっと尖《とが》っているのが幼く見えて、小柄だが出るところは出ているともっぱらの男子評だ。

さすがに何カップかとは訊《き》けないとみえて、男どもは彼女の学部のことを話題にした。

「どうして獣医になろうと思ったの。医学部は無理っぽかった？」

「だって失敗したとき、大変でしょう、人間の医者は。誤診《ごしん》とか手術ミスしても」

しゅじゅちゅ、と噛んで、柚奈はぺろっと舌を出した。いたずらっ子めいた表情は、なかなか可愛《かわい》い。だが、続く発言は非情だった。

「人間だったら裁判沙汰《ざた》になるけど、動物ならお金で済むし」

こいつ悪魔だ、と男どもはどよめいた。

「『小悪魔』じゃなくて、正真正銘《しょうしんしょうめい》の方だよな」

「えー？　あたし、小悪魔志望なんですけど」

柚奈は紙皿を持ったまま、くねっと腰を捻《ひね》ってみせた。みな、どっと笑った。耕太も釣《つ》られて、笑い声を上げてしまった。

柚奈は、耕太の存在に今気づいたかのように、くるりと頭を回してじっと見つめてきた。じわっと熱を放射するまなざしだった。女の子に、そんな目で見られたことはない。耕太は何とも居心地の悪い思いがして、そっと目を逸《そ》らした。

三回生の仙崎《せんざき》が若宮に向かい、マイクを持つ手つきで拳《こぶし》を突き出した。

「人間の方のお医者さん、どう思います、コイツの発言」

「え？　医学部なんですか」

柚奈をはじめ、新入生一同は大きな声を上げた。

「やだー。知らなかった」

若宮が部員でないことは、とうにバレていた。いつまでも騙《だま》しとおそうとするほど、佐原も悪どくはない。だがその素性《すじょう》については、「学外のクラブ所属の人」としか、新人たちは知らされていなかったのだ。

柚奈は、はっきりものを言う性格らしい。まっすぐ若宮の顔に目を当てて、

「医学部と獣医学部って、同じ大学でも偏差値十ポイント近く違いますもんね。若宮さんって、頭『も』いいんですね？」

この賛辞に、お調子者の男子が悪ノリした。

「そうそう。そのうえ、正真正銘のお坊っちゃん。なにしろ家が病院で」

佐原は若宮の表情をうかがって、「おい」とたしなめかけた。

「そう言われても、しかたがないな」

若宮はこだわりなく笑った。その笑顔を隣の耕太に向ける。

「なにしろカップラーメンも、先日、耕太んとこでご馳走《ちそう》になったのが初めてだ」

またもや大騒ぎになった。

「うそーっ」

「『カップファイター』も『黄色いサヌキ』も知らないのっ」

若宮は、それに真面目《まじめ》に返した。

「いや、CMとかで見るし、実物も店で見るよ。ただ、食べないだけで」

礼儀と好奇心の板ばさみ、という表情で、佐原が探りを入れた。

「それは、医学的な見地から？　それとも、その、ええい、リッチだから？」

若宮はう〜んと首をかしげた。

「しいていえば、家庭教育？」

誰かが「両方ってことだな」とつぶやく。

耕太はひとり、納得していた。それであのとき、若宮はなにやら挙動不審だったのか。インスタント禁止の家訓があるほどの人に、何て粗末なものを出してしまったのかと、今さらながら焦ってしまう。

そんな様子を見て、若宮は耕太の煩悶《はんもん》を察したらしい。すっと顔を寄せてきて、「うまかったよ」と小声で囁《ささや》く。

鉄板の向こうから、突き刺さる視線を感じた。柚奈がきつい目をこちらに向けている。

若宮が耕太と親しげなのが、気に入らないのだろうか。彼女も若宮狙《ねら》いで入部した口かな、と耕太は推測した。まったく、佐原も罪《つみ》なことをする……。

肉を求めて移動したり、気の合う話し相手を探したり、人の輪は流動的だ。

三月の飲み会を思い出した。若宮は最初、座の中心にいたのに、耕太の横に移動してきた。あの飲み会が、若宮とできあがるきっかけになったのだ。

——あれからまだ、二ヵ月も経《た》たないいんだな。

肌《はだ》を合わせたのも、数えるほどだ。お互いにというか、主《おも》に若宮が多忙なせいだが。

ふと気づくと、若宮と自分の間に柚奈が入り込んでいた。柚奈の顔は、若宮の方に向いてい

る。身長差があるから、あおむいた彼女の喉の角度が大きい。しなやかな細い首をさらして、

「若宮さんって、風間先輩と仲いいんですね」

そう言いながら柚奈は、ちろ、と横目で耕太を見やる。

「ちょっと不思議。お二人って、馬以外に接点がないみたいですけど？」

ぎくっとしてしまった。

若宮とのつきあいで、自分がひそかに引け目を感じていることを見抜かれたように思ったのだ。そして、妙な緊張感を覚えた。若宮がどう答えるかが、気にかかる。

「そう？　別に不思議でもないんじゃないかな。僕も部員じゃないのに、こういう席に寄せてもらってるのは、馬つながりのよしみだと思ってるけど」

にこやかにかわす若宮に、柚奈は不服そうに唇を尖らせた。

──女の子って、憎《にく》たらしい表情をしても可愛く見えるもんなんだな。

なぜか、漠然とした不安が胸に拡がった。

人数が多いぶん、例年になく盛り上がって、昼から始めたのに、お開きは日が落ちるころになった。

店と違って時間に縛《しば》られないのは気楽だが、後片付けは自分らでしなければならない。

食器は使い捨てだから、ゴミ袋に集めるだけでいいけれど、火の始末には、ことに気を遣う。

男たちが残り火をガシガシ踏みたくっていると、若宮の胸ポケットで携帯が鳴った。やりとりを傍受《ぼうじゅ》したところでは、どうやら、緊急で学部に戻らねばならないらしい。

電話を切った若宮は申し訳なさそうに、一同に向かって頭を下げた。

「悪い。食べるだけ食べて、片付けできなくて」

佐原は愛想良く受け流す。

「いやいや。ゲストなんだから、そんな遠慮《えんりょ》は要《い》らないよ。いろいろ助けてもらってるしね」

「いろいろ」の中には、「女子部員獲得の功」も入っているのだろう。

本人が姿を消すと、部員たちの間であからさまな噂話《うわさばなし》が始まった。

「若宮さんって、けっこう感じのいい人ね」

「そうそう。最初は、鼻持ちならないボンボンだと思ったんだけどな。誠実だし気取らないし、ああいう何もかも揃《そろ》った人が実在するって、驚きだよな」

「彼女、いるんでしょうか?」

「そりゃいるでしょ。でも、いなかったら……立候補する?」

女の子たちは、はしゃいだ調子で笑いさざめく。男子からも、悪い評価はひとつもない。それがどうも、もやもやする。若宮への賛辞が灰色の石に変わって、腹に溜まってくる感じがした。ひとつ放り込まれるたびに、ずしんと気が重くなる。

若宮の評判がいいのは、喜ぶべきことのはずだ。なのになぜ。

耕太はぼんやりと前髪をいじった。

若宮は、耕太の髪型にまで注文をつけてきた。なんて押し付けがましいと思ったけれど、彼のアドバイスは的確だった。髪を整えるとすっきりして、誰からもオトコマエと言われて、気持ちまで明るくなった。

耕太がかっこよくなることを、若宮は勧めてくれたのだ。ひきかえ自分は、若宮が人気者になることを快《こころよ》く思っていない。

自分はそんなに心の狭《せま》い人間だったろうか。

過敏になるのは、きっと不安だからだ。好かれていることに、安住できないからだ。

今度の新入部員にしても、柚奈も含めて「可愛い」の範疇《はんちゅう》に入る子は何人もいる。そして彼女らは、これまでの若宮を知らない。今の若宮が、彼なりの苦悩と努力の末にたどりついた真の姿だなどと、知りはしない。

ならば、何のとまどいもためらいもなく、まっすぐに飛び込んでいけるのではないか。そういう子を、若宮も可愛いと思うのでは。

不安は、ぐじぐじした自分に対するいらだちに変わった。耕太はそんな自分をもて余して、集団を離れた。

厩舎の外の水道を使い、焦《こ》げた鉄板を金タワシで洗う。けっこうな力仕事だ。わざわざやりたいという奇特なヤツはいないから、一人になれる……。

ところが、ぐじぐじの根源が向こうからやってきた。

「あの、部長さんが、これ使ってって」

柚奈はバケツを提《さ》げている。中身は、今しがた消したかまどの灰だ。洗剤より脂汚《あぶらよご》れに効く。

「うん。そこに置いといて」

柚奈はバケツを抱《かか》えたまま、耕太の横にしゃがみ込んだ。

「風間先輩って、すごい人と仲いいんですね」

誰のことかは、言われなくてもわかる。この娘は、あからさまに若宮に擦《す》り寄《よ》っていた。それだけでも不愉快《ふゆかい》だが、今の言い草にはかちんときた。

「別に、すごい人だから友達になったんじゃないけど」

思いきり仏頂面《ぶっちょうづら》になってしまった。柚奈はしたり顔で、大きくうなずいた。

「ああ、それ、わかります。王子様だから狙《ねら》ったんじゃなくてー、たまたま出会った人が王子様だったっていう……ハーレクインロマンスの王道ですよね」

ハーレーがどうとかのことはわからないが、小馬鹿にされているのはわかる。それも若宮がらみで。

下級生の女の子に本気で腹をたてるのも、先輩として情けない。ぐっと我慢したが、耕太にしては、かつてないほどむかついていた。

新歓バーベキュー以来、柚奈はことごとに耕太をいらだたせる存在になっていた。仕事を言いつけると、「先輩の方が慣れてるでしょ」とくる。それはあたりまえだ。だが、やらせなければ、いつまでもできるようにならないではないか。

そんな正論は、柚奈には通らない。

「家が酪農やってるんだから、風間先輩がやればいいじゃない」

「おいおい」

他の男子部員もたしなめてはくれるが、なにしろ彼女は「憎めない小悪魔」と目《もく》されていて、みなどうしても甘くなってしまう。

休みを代わってやったのにこの扱いは理不尽《りふじん》だとは思うが、世の中こういうことはあると、耕太はすでに学習済みだ。

何度か代返してやった学生に、ある日、自分も休むからと断ったら、「役に立たねぇな」と舌打ちされたことがある。一歩下がれば三歩踏み込んでくる手合いは、珍しくない。

それにしたって、お人好しの先輩をちゃっかり利用するのはわかるけれど、なんだか嫌われているようなのが不思議だった。自分は女に好かれるとは思わないが、嫌われるほどイヤなヤツとも思えない。

馬術部の仲間には、そこのところ、あまりぶっちゃけたくはなかった。耕太にも、副部長としてのメンツというものがある。

待ち合わせての昼食タイム、学食特製のバーガーを木陰《こかげ》のベンチでぱくつきながら、耕太は若宮にこぼした。馬術部の内情を知っていて、しかも部外者である若宮になら、安心して愚痴《ぐち》も言える。せっかくの短い逢瀬《おうせ》に、無粋《ぶすい》な話題ではあるが。

「俺、さっそく舐められたかな……」

耕太はしょんぼりと肩を落とした。彼の忠告を無にしたようで、情けない。

「ほら、厩舎の裏に、白い花の咲く木があるでしょ」

若宮はちょっと目を浮かせ、あれはハナカイドウだよ、と教えてくれた。

「あの花びらが俺の頭にくっついてたとき、みんなに聞こえる大声で『フケかと思った』って。絶対、悪意あるよ、あいつ」

若宮はバーガーの包み紙を丸めながら、口元だけで笑った。

「なにそれ。爪《つめ》の引っ込まない子猫みたいだな」

「そんな可愛い言い方されても……。引っかかれる方はたまったもんじゃない」

「いや、だって、可愛いじゃないか」

耕太はおもいっきり膨《ふく》れた。

若宮には言わないが、柚奈が自分を目の敵《かたき》にする裏には、若宮への好意が絡んでいるのかも、と睨《にら》んでいる。その若宮に、彼女のことを「可愛い」などと言われると、むしゃくしゃする。

まして若宮は、耕太からの伝聞情報だけでなく、実物の柚奈を知っている。つんと尖らせた唇、生き生きとした大きな目、ものおじしない態度。やはり若宮も、ああいう子を可愛いと思うのか。

耕太は拗《す》ねた調子でつっかかった。

「洸彰《ひろあき》の『可愛い』は少しおかしいんだ。俺なんかを好きだと言う人だからさ」

とたんに、膨らませた頬を軽くつねられた。

「附則《ふそく》その四」

四？　と眉《まゆ》を吊《つ》り上《あ》げる。

一つ目が「耕太と呼んだらすぐ来い」で、二つ目が「ほかの誰にも耕太と呼ばせるな」。そしてあの嵐の夜、三つ目ができた。「洸彰と呼べ」だ。

四つ目なんてあっただろうか。

「それ、俺、聞いてないと思うんだけど」

「今、作った」

若宮はしゃあしゃあと言い放ち、あらためてつきつけてきた。

「附則その四、『俺なんか』禁止だ。おまえは自己評価が低すぎるよ。だから、新入りの女子になんか振り回されるんだ。そんな弱腰で、マンサクを守れるのか」

そうだ、マンサクのことも悩みの種だった。むろん、若宮にはそのことも打ち明けていた。マンサクは、初心者にはもってこいの性格をしている。年をとっているからというだけでなく、もともとの気性が穏やかで従順だ。

カシュクランやマイスターが一回生の手に余るのはしかたがないとしても、練習馬の中でも、マンサクはご指名が多い。なにしろ彼らは、じゃんけんまでしてマンサクに乗る順番を争っているのだ。

「だってこのコ、おとなしいんだもん」

馬の良さを、マンサクほど効果的に教えてくれる馬はいないと耕太も思う。競技会に出ることだけが、馬術部の目的ではない。それを思えば、新人たちからマンサクを取り上げるわけにもいかないのだが、マンサクにかかる負担も気がかりだった。

なまじ自分が副部長というポジションにあるだけに、マンサクを庇《かば》うのが職権乱用みたいで気が引ける。そういう弱腰が、柚奈のような後輩を、図に乗らせてしまうのかもしれなかった。

だが、マンサクが「九州学生馬術選手権大会」に出場することが決定してから、情勢が変わった。

六月末に開催されるそれは、学生馬術連盟の主催で、秋の全国大会への予選になる。

西海大《さいかいだい》馬術部は、ここ十年ばかり、全国へは選手を送り込めていなかった。種目ごとにブロック上位二位までという厳《きび》しさで、年々部員も減っている今の状況では、上位に食い込むのは難しい。

今年は三回生四名が障害、二回生からは耕太がマンサクで馬場馬術へ、他の二名が障害にエントリーしていた。

一回生は、まだこの種の大会には出場資格がない。そのことを不満に思うどころか、彼らは自発的に、マンサクに乗るのを遠慮してくれるようになった。

「マンサクは練習馬じゃなくて、立派な競技馬だから」

「ご老体だし、俺たちが疲れさせたら、本番で力を発揮《はっき》できないもんな」

それでも柚奈だけは、耕太の顔さえ見ればちくちくあてこする。

「それって、風間先輩のエゴじゃないですか？　何も、あんなヨボヨボ馬で出なくてもいいのに」

ほとほと嫌になって、なるべく彼女を避けるようにしていたところ、佐原に注意を受けた。

「ひいきも良くないけど、無視もどうかと思うよ」

では上級生イジメはいいのか、と言いたくなる。つい、ぽろりと弱音を漏らしてしまった。

「あの子、ちょっと、苦手で」

「え？　や、だって、可愛くない？」

こいつもか、と思いつつ、耕太は抗弁した。

「可愛い顔できついこと言う子って、アニメやゲームなら人気の出るキャラかもしれないけど、実際に相手するとしんどいですよ」

佐原は妙に真剣に考え込んでいる。

「耕太は、ああいう子が好きなんだと思ってたよ……」

これには啞然《あぜん》とした。どこをどう見て、そう思うのか。

「なんでわざわざ、自分に意地の悪いことばかり言う子を好きになりますか」

「だって、おまえ言ったよ？　意地悪な人の方がいいって」

そういえば、そんなことを言ったような気がする。人の顔色をうかがうのに疲れ、空気を読めない自分にいらだっていたから。

しかし、佐原の受け取り方は、ニュアンスが違う。それではまるで、耕太がマゾみたいではないか。意地悪されて嬉しいのではなく、変に優しい人はかえって腹が知れなくて怖い、と言いたかったのだ。

今さらな説明を、佐原はふんふんと聞き、「そうかあ。しまったな」と漏らした。

何が「しまった」なのか、思考回路が今ひとつ謎《なぞ》な部長だった。

若宮《わかみや》は、ジュニアで全国大会出場の経験がある。だが、高校では受験勉強、大学では医学の勉強に追われて練習不足のため、全国規模の大会は諦《あきら》めているらしかった。

そのくらいだから自分だって時間が欲しいだろうに、若宮は、九州大会に向けて練習に励《はげ》む耕太《こうた》の指導に来てくれるのだ。

彼は障害だけでなく、馬場《ばば》馬術もこなす。秋の県民大会には、両方にエントリーするつもりだと言う。

「だから、自分の勉強にもなるんだ。気にすることはないよ」

すまながる耕太を、例によってさらりとかわした。

若宮は、学部が忙しくて来れない日も、こまめにメールや電話で馬と耕太の調子を訊《き》き、アドバイスをしてくれる。それだけなら面倒見のいい先輩そのものだが、必ずそこに甘い言葉が添えられて、耕太を喜ばせたり照れさせたりするのだった。

しかし、大会が近づいて練習がきついのがわかっているからか、たまに泊まっても若宮はからだを繋《つな》ごうとはしなかった。キスや、せいぜい濃厚な触りあいで終わってしまう。こんなで若宮は満足できているのかな、と耕太は不安だった。

自分自身は、ひどく疲れているのに無性に若宮が欲しくなることがある。うずうずしたものを持て余す夜もあったから、なおさらだ。

大事にされているのはわかるけれど、それは嬉しいけれど、どこか割り切れない思いがあった。

マンサクの方は、仕上がり上々だった。やはりユース大会に出ておいてよかった、と思う。あれは、格好の足慣らしになった。

全国大会出場は夢の夢でも、いい結果を出せば、副部長として自信がつくだろう。爪《つめ》をたててくる子猫のことも、苦にならなくなるかもしれない。自分に大人の余裕があれば、きっとうまくあしらえる。そう思えば、練習にも力が入るというものだ。

それにこの大会が終わったら、夏場は地元のイベントに協力する程度だから、馬術部の活動も緩《ゆる》やかになる。すぐ夏休みになるし、さすがに医学部だって休みはあるだろう。若宮ともゆっくり過ごせるときがあるに違いない、と耕太は胸を膨《ふく》らませた。

季節は梅雨《つゆ》に入っている。雨の日は、屋内馬場のある乗馬クラブや名門馬術部が羨《うらや》ましかった。天気が悪いからといってまったく乗らないわけではないけれど、やはり足をとられて思うように馬を動かせないのだ。

数日ぶりに雲が切れた朝のことだった。

張り切って練習にかかったものの、耕太は途中でマンサクを降りた。

——何か、変だ。

「どうしたの」

異変に気づいて、同期の女子が駆け寄ってきた。

「いや。こいつ、脚《あし》がちょっとおかしくないか?」

「おかしいって?」

他の部員たちも、わらわらと周りに集まってくる。

「歩様《ほよう》が変で。それになんだか……いつもより熱いんだ」

耕太は、ごくっと唾《つば》を呑《の》んだ。自分で口に出したことに、いっそう不安を煽《あお》られる。

厩舎《きゅうしゃ》に戻して様子を見ていると、一回生たちも入れ替わり立ち替わり、心配そうに顔をのぞかせた。馬の魅力を教えてくれたマンサクに、愛着があるのだろう。

柚奈《ゆな》も顔は出したものの、あいかわらず言い草は薄情だった。

「しょうがないよ。人間でも年とったら、あっちこっち具合が悪くなるもん」

これは堪《こた》えた。実家の祖父母のことを言われたような気がしたのだ。

それにしてもこの子は、自分だって祖母を気にかけていたくせに、どうしてこんな冷たいことが言えるのだろう。やはりあれは、GWを楽しむための小芝居だったのか。

マンサクに冷淡なことといい、これまでで一番、柚奈にむかついた。耕太は黙って顔をそむけた。

夕方、みなが活動を終えてからも、耕太はつくねんと厩舎に残っていた。若宮にメールで事情を知らせてやると、すぐ返信があった。

『こっちの切りがついたら行くから』

若宮の「切り」がいつつくかは、わからない。それでも、気遣《きづか》ってくれるのが嬉しかった。

耕太は、部室と馬房《ばぼう》を落ち着きなく往復した。

何度目かに見にいくと、通路に男がうろうろしていた。部外者のようだ。耕太が声をかける前に、相手が振り向いた。

「ああ、やっぱり、まだいたんだ？」

その青年は、手に黒い革鞄《かわかばん》を提《さ》げていた。とっさに誰だかわからず、目を瞬《しばた》く。

彼は、あからさまな不審の表情に気を悪くしたふうもなく、にこにこと笑いかけてきた。

「白衣を脱いだら、動物も、僕が誰だかわかんなくなるんだよね」

そう言われてみれば、見覚えがある。

獣医学部で講師を務めている、獣医資格のある人だ。農学部の牛が難産になったとき、駆けつけてくれたことがあった。

「なんか、競技会に出る予定の馬が調子悪いと聞いたけど」

どぎまぎしながら、マンサクの馬房に導き、症状を説明する。

青年は馬房に入り、マンサクの足元にかがみ込んだ。小さな木槌《きづち》で、ひづめから膝までを軽く叩く。次いで、指で丹念《たんねん》に探る。

うなずいて腰を上げ、

「屈腱炎《くっけんえん》だろうね。それほど重症ではないと思うよ。ただ、熱をもってるから……対症療法的には冷やすのが一番。それと、抗炎症剤を一本、打っといてあげよう」

提げてきた鞄から注射器を出しながら、彼は軽口を叩いた。

「注射、かまわないよね？　食用にする予定はないんだろう？」

「獣医学部の冗談って、きっついすね」

尻《しり》に針を刺されたマンサクは、びくんと足を踏みかえる。耕太は横から首を叩き、「どうどう」となだめた。

そして、途切れたコメントを繋いだ。

「一回生の相島《あいじま》なんて、口が悪いの通り越して、悪魔みたいじゃないですか」

「まさか」

獣医師は針《はり》を引き抜いて、不思議そうに見返してきた。

「だって、馬術部の馬を診《み》てやってほしいと言ってきたのは、その相島だよ」

耕太は驚いて何も言えなかった。あの自称小悪魔が、どうして。わけがわからない。何かの間違いじゃないのか。

帰っていく獣医を、耕太は厩舎の外まで送り、最敬礼をした。

耕太はマンサクの馬房に毛布を持ち込んで、泊まり込む態勢をとった。そして夜の間に、冷蔵庫で冷やしたバンデージを何度も取り替えた。

途中、佐原《さはら》と仙崎《せんざき》が様子を見にきてくれた。「何なら代わろうか」とも言ってくれたが、「大丈夫」と断ってしまった。どうせ気になって、眠れはしないのだ。

それでも、夜明けごろになってうとうとしたらしい。

揺り起こされて目を開けると、疲労の色を浮かべた若宮が見下ろしていた。

「あ……洸彰《ひろあき》」

耕太は目を擦《こす》り、起き直った。髪はくしゃくしゃで藁《わら》にまみれ、ひどい格好になっていると思うのだが、若宮は眠り姫を起こす王子のように、優しい口づけをくれた。

「悪い。ゆうべのうちに来たかったけど、どうしても抜けられなくて」

獣医学部の先生が来てくれたこと、熱がいくらか引いたことを告げると、若宮は愁眉《しゅうび》を開いた。そして、昨夜の青年獣医と同じように、マンサクの足元にかがみ込んだ。

「炎症も、かなり治まってるね。性質が素直だから、薬がよく効くんだろう」

朝飼《あさが》いのためにやってきた部員たちも、状況を聞いて一様にほっとした表情を浮かべた。

柚奈はやはり、素直に祝福する気はないようだ。

「じゃあこれで、九州大会に出られるってわけね。まったく、ハラハラさせてくれちゃって。人騒がせな馬ですこと」

ちょっとお、と同学年の女子が袖《そで》を引っ張る。

この憎々《にくにく》しい態度を見れば、獣医学部の講師にマンサクのことを頼んでくれるような親切心があろうとは、とうてい思えない。それとも獣医の卵だけあって、動物に対してだけは天使なのだろうか。

いや、そんなことはどうでもいいことだ。耕太の頭を占めているのは、みんなの思いやりを無にするような決断だった。

耕太は、ゆっくり立ち上がった。感情を抑えた声で告げる。

「残念だけど、マンサクは、今度の大会には出さない。今無理をさせたら、ぶり返すかもしれない。年が年だから、大事をとりたいんだ」

「えっ？　だ、出さないって……じゃあ、風間《かざま》先輩も出られないじゃないですか⁉」

柚奈はひどく動転して見えた。

——俺のこと、嫌ってるんじゃなかったのか。

部全体の成績を心配しているのだろうか。もともと、馬場馬術に出るのは耕太・マンサク組だけで、種目まるごと棄権《きけん》したことになるから、影響はないのに。

佐原は、これまでの耕太の努力をよく知るだけに惜《お》しいと思うのか、食い下がってきた。

「ほかの馬ではダメか？　まだ馬名変更は間に合うぞ。本部に連絡すれば、応じてもらえるはずだ」

「変更するといっても」

耕太は唇を噛んだ。それを考えなかったわけではないが、現実的に無理がある。

「ほかの馬は、ドレッサージュを満足にやってないですから」

「マイスターなら、急いで調教すれば何とかなるかも……」

「あれには三人乗るのに、無理ですよ。マンサクに無理させないでおいて、ほかの馬に無理させるなんて、フェアじゃないです」

そして、きっぱり言い切った。

「俺、棄権します」

ぐっとこみあげるものを呑み込んで、耕太は微笑《ほほえ》んだ。若宮のように爽《さわ》やかに笑えた自信はなかった。

「俺にもマンサクにも、来年がありますよ。少なくとも俺は、若いっすから」

沈黙が落ちた。空元気《から》はバレバレのようだ。

「トルネードがいる」

静かな声は、若宮のものだった。

若宮も立ち上がり、マンサクの首に手をかけていた。

「トルネードは秋の県民大会に向けて、障害と馬場の両方に出るために調教しているところだ。学生大会の経路に合わせる必要があるが、二週間あれば調整可能だろう」

耕太が口を開く前に、仙崎が制した。

「いや、ダメっしょ？　馬も馬術部に登録がないと出場資格が」

「それなんだが」

佐原がバツの悪い顔で片手を上げた。みなの注目を浴びて、ますます体をちぢこめる。

「じつは……まだ、登録抹消《まっしょう》してないんだ」

「えー、うそっ」

高い声を上げたのは、喜多見《きたみ》だった。そういえば、そのことで彼女は佐原に念を押していたはずだ。

佐原は早口に弁解した。

「部室の改造とか、役員交代とか、勧誘とか。その後は新入部員急増で、もうバタバタしてて」

「……要するに忘れてた、と」

腕組みで仁王立《におうだ》ちした喜多見の姿は、「長」はつかなくとも、馬術部一の権力者に見えた。

佐原は素直に頭《こうべ》を垂《た》れた。

「ハイ、そのとおりです」

打ちしおれた佐原と対照的に、柚奈は弾《はず》んだ声を上げた。

「でも、それってケガの功名《こうみょう》じゃないですか。部長がうっかりしてたおかげで、その馬、大会に出せるんでしょ」

そう言いながら、微妙に悔《くや》しそうな表情で若宮を見やる。

若宮を好きなはずなのに。どうもこの、相島柚奈という女の子の思考が掴《つか》めない。

若宮の気持ちの方はよくわかるのだが、受けるわけにはいかない、と思った。

九州大会に向けて調整するなどと、若宮はあっさり言うが、その後で今度は自分の大会用に再調整しなくてはならないのだ。彼にもトルネードにも、そんな負担はかけられない。

「いや、馬は借りません。そこまで甘えたくない」

思わず切り口上になってしまった。

若宮は、さっと顔をこわばらせた。

耕太も口に出した瞬間、後悔していた。若宮を傷つけた。差し出した手を、人もあろうに耕太に振り払われたのだ。

彼の立場を思ってか、みなおろおろと目を見交わす。気まずい雰囲気《ふんいき》になった。

すうっとひとつ深呼吸して、若宮は佐原に目礼した。

「ちょっと、彼を借ります」

気を呑まれたように、佐原はうなずいた。そして、耕太に「行け」とばかり顎《あご》をしゃくった。

しかたなく、若宮の背中について外へ出る。彼が「ハナカイドウだ」と教えてくれた木は、すでに花が終わり、若葉が色濃く茂《しげ》っていた。梅雨の晴れ間の木漏れ日が、その葉陰《はかげ》から雪片《せっぺん》のように降り注ぐ。

ちらちらと光が揺れる背中を向けたまま、若宮は声を放った。

「甘えてくれよ！」

くるりと向き直り、激しい目を向けてきた。息が弾んで肩が上下している。

「おまえに甘えられたい。ねだられたい。うんとわがままを言って振り回してほしい。俺を好きなら、甘えたくないなんて、そんな他人行儀はやめてくれ」

耕太がたじろぐのへ、さらに熱っぽく、

「これはある意味、ズルかもしれない。俺は、自分のためにズルはしない。だけど……耕太のためなら、ズルでもなんでもしたい。おまえが何より大切だから。俺が、そうしたいんだ」

若宮がこれほど感情的になったことはない。どんな顔をしていいのか、耕太は途方にくれた。

若宮はぎこちない笑みを浮かべた。

「トルネードにも甘えてくれ。あいつ、本当はおまえを好きだよ」

はっと胸を衝《つ》かれた。

——俺があいつに嚙まれなくなったとき、この人は、そんなことを言ってたっけ。

あのとき耕太は、若宮という人間の隠れた一面に、目を開かれた。人を人とも思わない、傲《ごう》岸《がん》不《ふ》遜《そん》な「若様」像に、ヒビの入った瞬間だった。

「あいつは拗《す》ねることで、おまえに甘えてた。マンサクみたいに素直じゃないけど、おまえが好きなのはわかるんだ。——俺もそうだったから」

そのつくろわぬ告白に、耕太はひどく心を動かされた。

自分も少しばかり意地になっていた、と気づかされる。思い出を撥《は》ねつけたのは、若宮とトルネードの負担を考えたから、だけじゃない。

このところの、胸のうちにわだかまるものを、消化できていないからだ。「かけねなしにいい人」の若宮に、奇妙ないらだちを覚えていたからだ。その裏には、誰からも好かれる男を恋人にしていることへの、こだわりと恐れがあった。

耕太は自分の狭量とひがみ根性を恥じた。深く、頭を下げる。

「トルネードを、お借りします」

若宮の顔は、手放しの喜びに輝いた。そんな晴れやかな顔は、告白したときにも見た覚えがない。

「大切な相棒《あいぼう》だ。壊してくれるなよ」

そう言う若宮の目に、みじんも不安はなかった。

自分を信じて、大切なものを任せてくれるのだ。その信頼に応《こた》えたいと、耕太は心に念じた。


出場馬をトルネードに替えてからの二週間、馬術部の仲間たちは、惜しみない協力と理解を示してくれた。

放課後、厩舎《きゅうしゃ》作業にかかろうとする耕太《こうた》を、

「ここはいいから、生駒《いこま》に行け」

「マンサクの世話は、俺たちがやっときますよ」

手からフォークを奪い取るようにして、追い出そうとする。

部員でありながら乗馬クラブで若宮《わかみや》の指導を受け、若宮の馬に乗る耕太に、複雑な思いがな

いはずはないのに、気持ちよく送り出してくれるのだ。つくづく、ありがたかった。

柚奈《ゆな》はそんなとき、不思議と憎《にく》まれ口《ぐち》ひとつ叩かず見送っていた。その表情は、なんだか寂しそうに見えた。

生駒で初めてトルネードに乗ったときは、やけに緊張した。

ときどき練習に来てはいても、これまでは乗馬クラブ所有の馬を借りていた。トルネードに最後に乗ったのは……そう、半年も前だ。

馬房《ばぼう》に迎えに行き、耕太がくつわをとると、トルネードは不思議そうな顔をした。それでも、主《あるじ》の若宮がつきそっているからか、彼はおとなしく引き出された。

馬具は、若宮のものをそのまま借りることにした。身長が違うから、あぶみの長さを調節しなくてはならないが、ふだんトルネードの慣れたものを使う方が、馬の負担が少ないだろうと考えたのだ。

馬装を終え、耕太は黒い鼻面《はなづら》をぽんぽんと叩いた。

「よろしくな」

声をかけ、鞍《くら》を摑《つか》んで跳び上がる。

トルネードは、やや鼻息を荒くして振り向いた。「なんであんたが乗るの?」と言わんばかりだ。こいつはもう、若宮しか乗せないことに慣れているのだ、と思った。奇妙な喪失感《そうしつかん》を覚えた。

乗ってみると、半年前に馬術部にいたときとは、明らかに違っていた。弾《はず》むような躍動感《やくどうかん》、すばやく扶助《ふじょ》に応《こた》える俊敏《しゅんびん》さ。その変化は、ユース大会で見てわかっていたはずだが、じっさいに乗ると、いっそうありありと違いが感じられた。

良い主を得て、本来の力を発揮《はっき》する。それは馬にとっても、嬉しく満ち足りた思いなのに違いない。逆に、それが叶《かな》えられないとしたら。

自尊感情は、馬にもあるのではないか。

――こいつだって、傷ついたのかもしれない。ＪＲＡという表舞台から学生の部活動へ払い下げられて、それって野球選手の『二軍落ち』みたいな……いや、もっときついか。プライドだの意地だの、ややこしいのは人間だけじゃないよな。

そのとき初めて耕太は、荒れていたころのトルネードを理解できたような気がした。やり場のないいらだちを、下手《へた》な乗り手である部員たちにぶつけ、それでいて寂しくなると甘え噛みをし、そんな自分にまたいらだって、強く噛みつく。

トルネードは、自分自身の中にある満たされない思いをこそ、噛《か》み砕《くだ》きたかったのかもしれない。

――ごめんな。おまえをわかってやれなくて。

耕太は艶《つや》よく手入れされた黒いたてがみを、しみじみと撫《な》でた。

続く二週間は、本来の彼の力に目を開かれるばかりの日々だった。

腿《もも》で挟《はさ》み込《こ》んだトルネードの馬体は、見た目ほど大きく感じない。よく鍛錬《たんれん》され、引き締まっているのだ。尻《しり》の下で躍動《やくどう》する筋肉は、マンサクの包み込むやわらかさとは違う。突き上げてくる猛々《たけだけ》しさだ。

トルネードに一時間乗ると、マンサクに二時間乗ったくらいに疲れる。つねに気を張っていなければ、負けてしまう緊張感があった。

どんなに遅くなっても、へとへとになっていても、耕太は乗馬クラブから直帰せず、馬術部の厩舎に顔を出した。

所在なげに馬房に立つマンサクを見ると、胸が疼《うず》いた。

「ただいま」

努めて明るく声をかける。

マンサクは、このところ耕太が乗らないことをどう思っているのだろう。ラクだと喜んでいるだろうか。それとも……。

トルネードのたてがみを撫でた手でマンサクに触れるのが、なんだか悪いことでもしているようだ。若宮にも言ったことだが、「浮気」というのがぴったりくる。

「わかってくれよ。おまえに無理させたくないんだ」

すみません、というように、マンサクは頭を垂《た》れる。その首を、耕太はがしっと抱《かか》えた。

「しっかり治して、次は一緒に行こうな。いつまでも、俺の相棒《あいぼう》でいてくれよ」

マンサクは低く鼻を鳴らして、長い顔を擦《こす》りつけてきた。

隣県の錦町《にしきちょう》にある馬事公苑《ばじこうえん》は、交通の便がよい。上級生たちは車に相乗りだが、下級生たちはJRでやってきた。

トルネードは、生駒《いこま》ステーブルの馬運車《ばうんしゃ》で、後から到着した。

先導するように前を走って来た軽自動車から、若宮が降り立つ。耕太は人目も忘れ、駆け寄った。

「ひろ……若宮さん、来てくれたんだ？」

「当然。僕の馬だから」

もの言いは偉《えら》そうだが、その高姿勢を柔和《にゅうわ》な笑みが裏切る。笑顔のまま、若宮はすっと頭を下げ、耳打ちしてきた。

―もう。みんなの前でも、洸彰《ひろあき》でよくないか―

「えっ」

「言い直すと、かえって不自然だよ」

赤面して思わず見回す。

耕太と若宮が特に親密だということは、みな承知している。現にこうしていても、誰も二人に奇異の目は向けてこない。それでも、なんとも面映《おもはゆ》かった。

ユース大会のときより、出場選手は少ない。馬術部に所属する学生に限る、という縛《しば》りがあるからだろう。

順番はすぐまわってきた。

トルネードを引き出し、その目を捉《とら》えて「頼むぞ」と一声かける。手綱《たづな》と鞍をしっかり摑んで、地を蹴《け》った。

マンサクより馬高が高いぶん視野が広いのは有利だが、マンサクのように従順ではない。トルネードに乗ることは、トルネードと戦うことでもある。

若宮はこれを思いのままに御《ぎょ》しているのだと思うと、震えのくるような闘志《とうし》がわいてきた。

馬場に入って、始まりの合図を待つ。今日は、上のギャラリーを見る気持ちの余裕があった。若宮が右手にいるのが見えた。彼は、手を上げたり笑いかけたりはしない。耕太とトルネードの集中を乱すまいと、控《ひか》えているのだ。遠目にも、彼の真剣さがわかる。

自分は出場しないのに、彼は来てくれた。今は胸を張って、自分のできることをできるだけしよう。最高の演技を、若宮に見せよう……。

だが、演技を始めてみると、微妙なぎくしゃく感があった。

扶助に逆《さか》らうわけではないけれど、耕太が「マンサクと違う」と感じているように、トルネードも「若宮と違う」と感じているのがわかるのだ。そして、わかってしまうことが、耕太に枷《かせ》をかける。

マンサクより器用なはずのトルネードだが、パッサージュはうまくできなかった。楽しく弾むような足取りであるべきなのに、耕太の緊張が伝わってか、ぎこちない動きになってしまう。馬の力を活《い》かしきれていない、自分のふがいなさを感じた。焦《あせ》れば焦るほど、自然な扶助ができない。

終盤《しゅうばん》にいたっては、一瞬、経路を忘れた。

――次、左だっけ、右だっけ。

頭が真っ白になる。空白になった脳に、一気に血がのぼって、耕太は馬上でめまいを起こしそうになった。

そのときトルネードが、くん、と頭を傾けた。手綱が右側に引っ張られる。

――そうだ。ここは右折だった。

ほっとするとともに、胸に熱いものがこみ上げてきた。

マンサクが、素人《しろうと》を乗せてしずしずと歩くように、未熟な自分をトルネードは庇《かば》ってくれるのだ。彼の力を引き出すことができなかった、傷ついたプライドや満たされない思いを癒《いや》してやれなかった自分なのに。

トルネードもまた、優しい生き物なのだと思い知らされた耕太だった。

乗り手が馬に扶助されるなんて、ありえない。だがこれが、今の自分のせいいっぱいだ。

正面に戻って礼をしたとき、上から高い拍手の音が響いた。若宮だけでなく、いつのまにか馬術部の一団が陣取《じんど》っていた。耕太は退場するとき、そちらにも帽子《ぼうし》をとって目礼《もくれい》した。

——終わった。

汗みずくになっていたのは、暑いからだけではない。体がバキバキだ。特に肩がこわばっている。変な力が入っていたからだろう。まるで初心者のころのようだ。

成績が期待できないのは、自分が一番よくわかっている。

それでも悔《く》いはない。あのトルネードと、演技をやり通したのだ。馬に助けられて情けないと思うより、馬の優しさを受け止めることができたのが嬉しかった。

馬場から出て下馬したところへ、柚奈が駆け寄ってきた。

「すごく、よかったです。先輩とトルネードが、お互いに支えあってるのがわかって」

息を弾ませて言う。頬が赤いのは、擦った跡のようだった。

「やだ、泣けちゃいそう」

自分がすでに泣いていることに、気づいていないのか。耕太は、不思議なものを見る思いがした。

——いったいどうしたってんだよ。俺のこと、さんざんいびったくせに。

そのとき、思いがけない爆弾が炸裂《さくれつ》した。

「あたし、先輩のこと、好きでした」

はあ？　とまぬけな声が出た。そして、告白が過去形なのに気づいた。彼女にとっては、もう終わったことなのか。それにしたって……。

「好きだというにしちゃ、ずいぶんな態度だった、よね？」

今泣いたカラスの柚奈の笑顔は、ニコッというよりニヤッと表現したほうがぴったりくる。

「だって部長さんが、風間《かざま》先輩に好かれたかったら、意地悪してみるといいって」

——なんだ、そりゃ。

はっと思い出した。そういえば。

あのときの佐原《さはら》の「しまった」は、恋する女の子に対して、的外れなアドバイスをしたことに気づいたからか。

柚奈はぺこっと頭を下げ、二つに結んだ髪を揺らして駆け去った。

「いやあ、もてるね、風間くん」

いつから見ていたのか、佐原が後ろから肩を叩いた。

「あの子のほかにも、おまえを意識してるやつ、けっこういるぞ」

まさか、と受け流すのへ、

「相島《あいじま》から逃げ回るのに必死だったから、気がつかなかったんだろうな」

そして佐原は、ずばっと切り込んできた。

「おまえ、誰かいるんだろ。大本命が」

とすとすと何本も矢が刺さった気分だ。それも全部、真ん中に。

「や、あの、その」

核心を衝《つ》かれて、うまくかわすテクニックはまだない。耕太はただ口をパクパクするしかなかった。

佐原はうんうんと一人合点《がてん》している。

「大事な人に愛されてりゃ、別に誰からも好かれなくたって、まあいいんじゃね？　って気になるよな。その余裕がオーラになって、ほかのヤツをひきつけてしまうんだ」

小さくため息をついて締めくくる。

「つまり、モテないヤツは、いっそうモテなくなるんだよなあ」

まったくこの人ときたら。せっかくのいい話が台無しだ。

耕太はもう一度、遠ざかる柚奈の後ろ姿を目で追った。これが初めての恋でも、最後の恋でもなければいいいな、と思った。この男の妄言《もうげん》に踊らされて、まともな恋にならなかった。こんなものがいつまでも心に残るのは、気の毒というものだ。

じろっと佐原を横目で睨《にら》む。相手は能天気に請《う》け合《あ》った。

「彼女のことは心配ないよ。ファンクラブができてるくらいだから」

「ファン…クラブ？」

「好きな男をいびる姿が、たまらなく魅力的なんだってさ。本人も、何かに目覚めた気がすると言ってたそうだよ」

伝聞形なのは、佐原に恋愛相談することの愚《ぐ》に、柚奈も気づいたということかもしれない。ならば彼女は、次の恋を自力で成就《じょうじゅ》させられるだろう、と耕太は思った。できれば、若宮以外でお願いしたいところだが。

残念ながらというか予想どおりというか、耕太の順位は下から数えた方が早いくらいだった。部内では、三回生の仙崎《せんざき》がいいところまでつけたが、予選突破は成らなかった。

「今年もダメだったかあ」

「来年があるさ」

撤収《てっしゅう》の準備をしながら、佐原は明言した。

「風間が本調子のマンサクで出れば、今度こそ、っていう気がする。それに一回生も」

耕太を見返り、珍しく部長らしい威厳《いげん》を見せて命じた。

「おまえ、一回生にドレッサージュを指導してやれ」

とんでもないとか、器じゃないとかいう言葉は、もう耕太の中から出てこなかった。自信というほどのものはないが、「俺なんか」は止めようと思った。できることをできるだけやろう。これからもずっと。

まずはその第一歩だ。

耕太は佐原に申し出た。

「俺、今日は、若宮さんと帰っていいですか」

生駒の馬運車を見送った若宮が、自分の車に寄りかかっているのを、さっきから目の隅に留《と》めていたのだ。

耕太は荷物を肩に、駆け寄った。

「洸彰と帰りたい。乗っていい？」

若宮は微笑《ほほえ》んでドアを開けた。

車の中では、やはり試合の話になった。

「正直、あまり悔しくないんだ。マンサクと組んで負けたんだったら、泣けたかもしれないけど」

若宮は、やや硬い表情で問いかけてきた。

「……出場を後悔してる？」

トルネードごと、無理な出場を押し付けたように思って、案じているのか。そういう気の遣《つか》い方をする人だ。

耕太は強く首を振った。

「いや、いい勉強をしたと思う。そのひとつは……トルネードはもう洸彰の馬だってこと。登録がどこにあっても、関係ない。かけがえのない相棒だよね」

相手がうなずくのを横目で捉え、耕太は続けた。

「俺たち、通じ合うものはあったけど、最後まで、ひとつにはなれなかった。お互い、別の誰かをここに抱えていたから」

胸を押さえる。

自分はマンサクを、トルネードは若宮を。

そして自分と若宮の間にも、わだかまっているものはある。別の誰かではなく、耕太自身のこだわりが、自然に溢《あふ》れ出《だ》す想いをせき止めているのだ。

「俺、あんたと、そんなふうにはなりたくないよ」

自分でも思いがけないことに、声が震えた。

若宮はぎょっとした様子で、用心しいしい、車を路肩に寄せて止めた。

——俺はバカだ。嫌われたくないのに、嫌われるようなことを言おうとしている。

それでも、この人の前に自分をさらけだしたい。何も隠したくない。

知りたいのだ。耕太のことを花のようだといったこの人が、素朴《そぼく》でも純粋《じゅんすい》でもないと知って、それでも好きでいてくれるのかを。

「俺、あんたが思うほど素直じゃないし、純でもない。真っ黒だよ」

否定しようとしたのか、いったん開いた口を、若宮は黙って閉じた。

「あんたが、みんなに素《す》で接しているのがむかつく。俺だけが、あんたの真実を知ってればいい。でもそれって、ほかのヤツには、今までどおり嫌われてろってことだろ。……そんな自分が……すごくイヤだ」

ひくっと喉が鳴った。

運転席から、若宮が顔をのぞき込む。

耕太は泣き顔を隠そうとしたが、濡れた頬を若宮の手にやんわりと包まれてしまった。

「俺が自分を作らなくなったのは、みんなに良く思われたいからじゃないよ?」

その言葉が染み込むのを待つかのように間を置いて、ゆっくりと続ける。

「ほかの人が俺をどう思うか、気にならなくなったからだ。俺を傷つけられるのは……今では耕太だけだよ。耕太が俺を嫌うのが一番怖い。ほかは何も怖くないから、誰の前でも自分をさらしていられるんじゃないか」

ひと呼吸おいて、若宮は言い切った。

「今の俺は……おまえのおかげだよ」

灰色のざらざらした石ではなく、光り輝く宝石のように、その短い言葉は耕太の胸に落ちてきた。

それでも耕太は、突っ張った。

「俺、なんか損してる」

若宮は面食らったように目を見開く。

「洸彰は俺のおかげで『いい人』になったのに、俺は洸彰のせいで『イヤなヤツ』になっちゃって。そんなの、俺がすごく損じゃないか」

泣き笑いで言うと、若宮も笑った。だが、その目に光るものがある。

「よし、わかった。俺のせいだというなら、責任とろう。おまえがイヤなヤツでも、好きだよ。ずっと好きだよ。一番好きだよ」

訊《き》きたかった言葉を、そっくりもらえた。不安もいらだちもふわりと溶けて、春の雪のように流れ出す……。

しかし、どうしてこう自分は、この人の前で簡単に泣いてしまうのか。思い返せば、出会いがまずかった。あれできっと泣《な》き癖《ぐせ》がついたに違いない。

若宮は、はあっと大きく息をついて、ステアリングに突っ伏した。

「ああ、焦った。『別の誰か』なんてフレーズの後にこの流れだから、俺はてっきり」

言いさして、若宮は明るく流した。

「まあ、久しぶりに耕太の泣き顔を見られたから、よしとするか」

そして、さらりと誘いかけてきた。

「なあ。うちに寄ってかないか」

「うちって、病院……」

「いや、家の方」

答えを待たずに、若宮は車を発進させた。

大学前を通りすぎ、生駒ステーブルとは反対方向、街の中心部に向かう。

表通りに面して「若宮病院」の看板のかかったビルがあった。個人病院とは思えない規模だ。

「……でかいね」

「うちが本家で、叔父《おじ》二人が居候《いそうろう》して、他科を併営《へいえい》してる形なんだ」

その片方が、泌尿器科《ひにょうきか》の人というわけか。

若宮は車を病院の裏手に回した。病院は近代的だが、裏門は古風な冠木門《かぶきもん》で、うっそうと茂《しげ》った木立《こだち》には、街中とは思えない情趣がある。

家も、純和風建築のどっしりしたものだった。なるほど、カップラーメンの似合わない家庭だ。

「今の時間、誰もいないから。お手伝いさんは午後五時で帰るし、病院の外来は六時までだけど、何やかやで毎晩遅いよ。母も事務をやってるからね」

玄関の引き戸を開けると、足台のある、間口の広い上がり口になっていて、正面は客間か居間なのか、ガラス障子《しょうじ》がはまっていた。

磨《みが》き込《こ》まれた階段を上がった二階は、洋風な造りになっている。

若宮は部屋のドアを開けて、背後の耕太を振り返った。

「ほらね。けっこう散らかってるだろう」

そういえば、初めて耕太のアパートに来たとき、そんなことを言っていた。

なるほど、足の踏み場くらいはあるが、いたるところで本や冊子《さっし》が山になっている。ただ、捨てるべきものが放置されているのではないようだ。この混沌《こんとん》は、彼の多忙さと勉強熱心をものがたるのだろう、と思われた。

ベッドの上まで占拠《せんきょ》していた本を、若宮はささっとまとめ、窓下の出っ張りに積み重ねた。

足まわりも片付けながら、

「今日は先に、風呂に入るだろう？」

たしかに、運動と緊張とで汗みずくだ。うん、と答えた後で、耕太は自問した。

――なんの、先だ？

ぶわっと新たな汗が噴き出した。

「シャワーでいい。暑いから」

若宮はドアから踏み出し、廊下《ろうか》のつきあたりを示した。

「二階のバスルームはあそこ」

歯磨《はみが》きのように、並んでと言うのかと思った。後でハダカになるにしても、それはちょっと恥ずかしい。

熱いシャワーを浴び、さっぱりして、持参したTシャツとトランクスに着替える。

誰もいないならいいかと、そのなりで廊下に出たとき、若宮が階段を上がってきた。髪はしっとり濡れて、耕太と似たりよったりの風呂上がり姿だった。

「下で浴びてきた」

目があった瞬間、二人は吸い寄せられるように抱き合った。互いの髪から、拭《ぬぐ》いきれなかった滴《しずく》がしたたり、相手の頬を濡らす。

廊下でキスなんて、えらくがっついたことをしてしまった。

そのままもつれ合って部屋に入り、ベッドに倒れ込む。振動で、窓際の本の山がひとつ崩れた。

若宮は耕太の肩を押さえて、真上から見つめる。そして、今度はゆっくりと近づいてくる。耕太は顔をいくらか傾けて、その唇を受け止めた。合わせた口を開き、誘うように狭間《はざま》で舌を揺らめかせた。若宮はすぐ、それに応える。

舌の戯《たわむ》れの合間に、若宮は前歯で、耕太の下唇を軽く噛んだ。ちくっとした痛みに身をすくめるけれど、すぐ、もっときつく噛んでほしいような気分になる。

どのくらい、そうしてキスをしていただろう。

「はっ……」

耕太は短く息を吐《は》いた。

いつのまにか、Tシャツはめくり上げられ、トランクスもすねのあたりまで引き下げられていた。

キスを解いた唇が、硬く尖《とが》った乳首《ちくび》を捉える。熱い舌先が先端を弾《はじ》くたび、甘い刺激に背中が跳ねる。

耕太は若宮のシャツを摑み、身をよじって耐えた。

やがて若宮は身を起こし、その手を耕太の腿に置いた。

「こっち……いいか？」

耕太は黙って、膝を緩《ゆる》めた。

若宮の指が後ろの窄《すぼ》まりに届いただけで、前がむくっと勃《た》ち上《あ》がった。約束された快楽の予習でもしているように、反応が速くなっている。耕太には、それを恥じる余裕もなかった。

夢中で若宮の首にかじりつき、ひくひくと背を震わせた。

彼の指はもう、耕太のツボを知っている。自信たっぷりに奥へと進み、ある一点をこね回す。

「うっ……あ、そこ……っ」

覚えず、腰を突き上げる。後孔《こうこう》がきゅうっと収縮して、若宮の指を締め付けるのがわかった。

一瞬動きを止めた指が、再び中で動くにつれて、手首の内側が耕太の茎を擦る。それはいっそう硬く膨《ふく》らんで、先端からたらりと蜜《みつ》をこぼした。

手首が濡れたのに気づいたのか、若宮はふと下を見た。こく、と唾《つば》を呑《の》む。

「ごめん、耕太」

若宮は呻《うめ》くように、言葉を搾《しぼ》り出《だ》した。

「おまえが嫌がることはしない、と思ってたけど……我慢できない。耕太のここ、可愛《かわい》がりたい」

だめ、という声は掠《かす》れて、若宮を制止する力にはならなかった。

トランクスが足から抜かれ、片足の膝下が若宮の手で高く持ち上げられる。指を入れたままで、若宮は耕太の下腹に顔を伏せた。

欲望のかたちを確かめようとするように、舌でなぞる。敏感な先端を熱い舌先で突かれて、瞼《まぶた》の裏に白い光が散った。

「そ、んな……や、だ…っ」

強烈な快感に、いやだと抗《あらが》っても、新しい滴は次々と溢れてくる。

それをすべて舐《な》め取《と》って、若宮は耕太の雄《オス》をすっぽりと口中に収めた。

「ひゃっ……あ、あ……ん！」

あまりの気持ちよさに、耕太は高い声を上げ、無意識に腰を揺らした。

いっぽうで、指を咥《くわ》え込《こ》んだままの後孔は、貪欲《どんよく》にひくついている。

前も後ろもぐずぐずにとろかされて、耕太は悶《もだ》えた。

「ん、んんーっ」

強烈な射精感《しゃせいかん》が襲う。

耕太は伸ばした方の足を突っ張った。指が攣《つ》りそうに反《そ》り返《かえ》る。

「だめ、もう……あっ、ああーっ」

弾けたものは、若宮の口中に受け止められたようだった。

耕太の雄はくたりと頭を垂れたが、からだはまだ燃えている。指を抜かれた後孔がひくひくと蠢《うごめ》き、空虚《くうきょ》を埋めて欲しいと訴《うった》えているかのようだ。

耕太は若宮の肩を摑んで、自分の上体へと引き上げた。茶色の瞳が、とまどったように見つめてくる。

「い、いれて」

その一言を口に出すだけで、耕太は一生分の勇気を奮《ふる》い起《お》こした。

恥ずかしい。でも、無理なんかしてない、若宮が欲しいんだと伝えたい。

「指じゃなくて、ひろあき、ので、俺のこと」

呑み込んだ吐息《といき》が、クッと喉を鳴らす。

「ぐちゃぐちゃに……泣かせて……っ」

その声は、すでに泣き声になっていた。

若宮は一瞬、怖いような目になったが、すぐにふわりと微笑んだ。

「そうか。俺も、耕太の泣いた顔、いっぱい見たい」

そう言うなり、若宮は耕太の両膝を押して、左右に開いた。そうされると、何もかもが彼の目にさらされてしまう。

——いいんだ、何を見られても。

耕太がどんな姿態をさらそうと、あられもなく悶えようと、みっともないなんて、この人は思わない。約束したから。ずっと、一番、好きでいると。

耕太は全身の力を抜いて、じんじん疼く窄まりに意識を集中した。そこに口づけるように、濡れて熱い肉が触れたかと思うと、ぬるっと頭をもぐらせてくる。

若宮は、喉の奥でクッと呻いた。

「すご……指一本しか……のに、もう、こんな」

切れ切れに呟き、こらえかねたように激しく、すべてを突き入れてきた。

「あ、ああっ」

耕太はびくんと腰を跳ね上げた。衝撃を感じたのに、痛みはない。それとも、痛いとはわからなくなっているのか。

若宮は息を整え、ゆっくりと腰を動かし始めた。それにつれて、耕太の雄も、再び硬く膨らんできた。

中から、あの秘密の場所が押されている。指で探られたときはピンポイントだったけれど、今は、どこがというより、ただみっしりと満たされている。この方がずっといいと思える……。

「あ…んっ……俺、また、出る、かも……っ」

出していいよ、と若宮は囁《ささや》き、気遣《きづか》わしげに問い返してきた。

「気持ち、いい？」

耕太はこくこくとうなずいた。もっとほかに言いようがないかと思うけれど、やはりそうとしか言えない気もする。

じんじんして、ぐずぐずになって、うずうずして、きゅうっとなって、それらがすべて、若宮に繋《つな》がっていて。だから、その名を呼ぶことでしか、表現できない。

「ひ、ひろ、あき、ひろ、あきいっ」

膝頭《ひざがしら》を押さえていた手を撥《は》ね退《の》ける勢いで、耕太は若宮の腰を挟みつけた。

「あ、くる……っ」

若宮が歯を食いしばると同時に、からだの奥に、熱いものが弾けた。自分の前も、若宮の腹を濡らしている
「「は……っ」」

精を放ったせいか、互いの結合部はいくらか緩んだ。だけど、まだ、出ていってほしくない。

その想いを、耕太は目で訴えた。

若宮は繋がったまま、唇を落としてきた。繋がるために少し下がっているのに、若宮の方が背丈《せたけ》があるので、ぴったりと合う。それが嬉しい。キスしたまま繋がっていられるのが。

目尻《めじり》から、悦《よろこ》びのきわまった涙がこぼれた。頬の産毛《うぶげ》を濡らして、耳の方へ流れていくのがわかる。それを若宮は、離した唇で吸い取った。

「おまえの口は甘いけど、こっちはしょっぱいな」

しょっぱい滴は、後から後から湧き出てきた。

「うっ……えっ……えっ……」

いつしか耕太は、しゃくり上げて泣いていた。

涙で若宮の顔がぼやけてしまうのだけが、残念でならなかった。


夏休みを前にして、耕太は馬術部のシフト作成に取り組んでいた。

GW以降、一回生は一人も辞めていない。馬は六頭だから、完全に「三人で一頭」を実現できている。

去年の夏は、お盆の期間中に一人二日ずつ休んだだけだ。今年は、一週間や二週間は休みがとれそうだ。

若宮の予定にもよるが、久しぶりに帰省してみようか、と思った。たとえ学校と同じ労働が待っているとしても。

「ま、こんなところかな」

でき上がった原案を印刷しようと、耕太はUSBメモリを抜いて腰を上げた。今では部室にパソコンまで備えてある。プリンターは、農学部のものを使わせてもらうのだ。

厩舎の通路に出てきたところへ、数人の一回生が走り込んできた。

「おはようございまーす！」

元気に声をかけてきたのは、相島柚奈だ。

彼女も辞めはしなかった。耕太と顔を合わせても、気まずくはないようだ。

あれは彼女の中では、「失恋」に分類されてはいないらしい。恋愛シミュレーションで、最初の選択肢《し》を間違って早々にリセットしたようなもので、なかったことになっているのかもしれない。

当番の部員たちが忙しく朝飼《あさが》いの支度《したく》に駆け回る中を、若宮が悠然《ゆうぜん》と歩み入ってきた。

耕太に意味深な視線を投げておいて、マンサクの馬房《ばぼう》へと向かう。

「よーし、よし。脚《あし》の調子はどうだ？」

その声音はとろけるようで、ちょっと妬《や》けるほどだ。

マンサクは「好きな馬」で、耕太は「好きな人」なのだから、競合するわけもないけれど。

若宮がマンサクを心配するのは、耕太が乗れるかどうか心配だからだとわかってはいるけれど。

ちょっとは突ついてやりたくなる。

「洸彰、また浮気しに来たんだ？」

「よせよ、人聞きの悪い」

横を駆け抜けていった柚奈の後ろ姿を、若宮は顎《あご》で示した。

「そっちこそ。あれに迫《せま》られてジタバタしてたくせに」

ぎょっとした。

彼女についていろいろ愚痴《ぐち》はこぼしたが、自分としては恋愛感情がなかったから、そういう匂《にお》いがしたはずはない、のに。

「知ってたの？　ていうか、わかったんだ？」

「わからない方が不思議だ」

憮然《ぶぜん》とした表情で断じた後、若宮はにまっと笑《え》んだ。

「しかし、その鈍《にぶ》さで、俺はずいぶん助かってるよ」

「どういうこと？」

「おまえ、アプローチされても気がつかなくて、ずいぶんチャンスを逃がしてると思うぞ？」

「へ」

佐原の言うことは話半分に聞いていたが、若宮から見ても、そうなのか。

そういえば、「見られてる？」と感じることもあったが、「気のせい」「どこか変」の二択《にたく》しかないと思っていた。

「だから言ったろう。自信もっていいって」

耕太は上目遣《うわめづか》いに、若宮を睨んだ。

「俺がもてても平気なのか？　ずいぶん余裕だな」

もやっとするのは、やはり若宮の方が器がでかい、と認めざるをえないからだ。

自分は柚奈が若宮を狙《ねら》っていると思ってやきもきしたのに、若宮は彼女の意図に気づいていて、「可愛いもんだ」と笑っていたのだ。なんだか格が違うような……。

若宮は、耕太の肩にぽんと手を置いた。

「おまえのほんとの良さは、俺だけがわかってるからいいんだ」

若宮は、そこで声を落とした。

「そうそう。アノときのぐちゃぐちゃ泣きは、誰にも見せるなよ」

ひそめた声は、微妙に艶っぽい。それに感応したのか、かっと体温が上がるのを感じた。この暑いのに、はた迷惑な男だ。

「それは『附則《ふそく》その五』なわけ?」

耕太が突っ込むと、若宮はいかめしく言い渡してきた。

「とんでもない。絶対厳守《げんしゅ》の大原則だ」

「そんな原則なくたって……俺にあんな顔させるのは洸彰だけだよ」

後半はやけに早口になった。

若宮の頰が赤く染まったのは、厩舎の戸口からさしこむ朝焼けのせいばかりではないようだった。

あとがき

いつき朔夜

こんにちは、いつき朔夜《さくや》です。毎度、あとがきのネタに悩んでます。最近あとがきが「考察シリーズ」になっているので、今回は「名前」について考えてみたいと思います。

競走馬の名前には、「最大九文字まで」という規定があります。その範囲内でなら、馬主が自由に名づけることができます。持ち主の名前や、親馬の名前を入れることが多いようです。今年のダービー馬は「ディープブリランテ」。名前から、あのディープインパクトの子だとすぐわかりますね。昨年の三冠馬「オルフェーブル」は、フランス語で「金細工師《きんざいくし》」の意味。父親が「ステイゴールド」なので、「金」繋《つな》がりなのだそうです。

さて、今作に出てくる二頭の馬ですが。

「マンサク」は花の名ではなくて、まさしく「豊年《ほうねん》満作」のつもりでつけました。耕太《こうた》とのつりあいを考えてのことです。「ダークトルネード」は、黒馬で性格が荒いところから。

ちなみに旧作の「GⅠ《ジーワン》トライアングル」では、「ラクシュミ」はヒンズー教の女神の名前と作中で紹介しました。そのライバル馬の「ネバーリザイン」は、「決して勝負を投げない」という意味です。これは、チェス用語からとりました。馬の名前を考えるのは楽しかったです。

では、人間の名前はというと。

赤ちゃんの命名は、将来どんな人になるかわからないのである意味バクチですが、小説の登場人物は、キャラにふさわしい名前をつけることが可能です。やんちゃっぽい名前、誠実そうな名前、男くさい名前、中性的な名前。ＢＬではさらに、攻らしい名前、受らしい名前という括《くく》りもありそうですね。

今回の攻の名前は、自分としてはノーブルにキメたつもりなんですが、いかがでしたでしょうか。


新書館編集部をはじめ、この本に関わってくださった皆様、ありがとうございました。いつものことながら、いろいろと面倒をおかけして申し訳ありません。これからもよろしくお願いします。

イラストの周防《すおう》先生には、人と馬を二組ともかっこよく可愛《かわい》く描いていただきました。「若《わか》宮《みや》の騎乗姿を見たい」というわがままなお願いを叶《かな》えてくださって、ありがとうございます。

そしてこの本を読んでくださった皆様、ありがとうございます。本を通してお会いできたことを幸せに思います。

これからも、いい出会いがたくさんありますように。

初恋《はつこい》ドレッサージュ《どれっさーじゅ》

この本を読んでのご意見、ご感想などをお寄せください。
いつき朔夜先生・周防佑未先生へのはげましのおたよりもお待ちしております。
〒113-0024　東京都文京区西片2-19-18　新書館
[編集部へのご意見・ご感想] ディアプラス編集部「初恋ドレッサージュ」係
[先生方へのおたより] ディアプラス編集部気付　○○先生

初　出
初恋ドレッサージュ：小説DEAR+ 11年フユ号（Vol.40）
純愛パッサージュ：書き下ろし

新書館ディアプラス文庫

著者：**いつき朔夜** [いつき・さくや]
初版発行：2012年 7 月25日

発行所：株式会社**新書館**
[編集] 〒113-0024　東京都文京区西片 2-19-18　電話(03)3811-2631
[営業] 〒174-0043　東京都板橋区坂下 1-22-14　電話(03)5970-3840
[URL] http://www.shinshokan.co.jp/
印刷　製本：**図書印刷株式会社**

定価はカバーに表示してあります。乱丁・落丁本はお取替えいたします。
ISBN978-4-403-52308-3